Langenscheidt

Love Takes Centre Stage – Bühne frei für die Liebe

von Christine Spindler

Langenscheidt

Berlin · München · Wien · Zürich · New York

Lektorat: Marion Schweizer
Englischsprachiges Lektorat: Charlotte Collins
Coverzeichnung: Kirill Chudinskiy

www.langenscheidt.de

Umwelthinweis: gedruckt auf chlorfrei gebleichtem Papier

Druck: Mercedes-Druck GmbH, Berlin
Printed in Germany

ISBN: 978-3-468-20480-7

1. 2. 3. 4. 5. * 11 10 09 08 07

My Lips Still Taste Your Kiss

Ich lege einen Sampler mit Schmusehits in den CD-Player, schlage einen Collegeblock auf und blättere, bis ich eine Seite finde, auf der weder Matheaufgaben noch Vokabeln stehen und auf die ich noch keine Blümchen gemalt habe. Wenn ich mich konzentrieren muss, male ich immer Blümchen. In Hefte und Bücher, auf den Tisch oder meinen Handrücken, wo gerade Platz ist.

lip Lippe

Mit rotem Glitzerstift schreibe ich auf die leere Seite:

> Hi, Thorsten,
> ich finde dich unheimlich süß.

Ne, das ist totaler Quatsch. Erstens finde ich Thorsten alles andere als süß und zweitens würde Lissy so etwas niemals schreiben – und von ihr soll der Brief schließlich sein.

> Lieber Thorsten,
> du bist der coolste Junge in unserer Klasse.

Schrott hoch fünf! Aber wozu habe ich einen Vater, der Nachschlagewerke hortet?
Wie jeden Sonntagnachmittag hockt er in seinem Arbeitszimmer, vergraben zwischen Büchern. Wenn Bücher beißen könnten, würde nicht mal Superman diesen Raum betreten. Man sieht vor lauter Buch-

rücken die Regale nicht. Es lässt sich auch nicht mit Sicherheit sagen, ob der Raum Wände hat. Selbst auf den beiden Fensterbrettern stapeln sich Bücher. Hier drin ist es auch am helllichten Tag schummrig wie in einer Gruft, abgesehen von einem kleinen Lichtfleck auf dem Schreibtisch, an dem Dad sich gerade über kreuz und quer ausgebreitete Fachliteratur beugt.
"I'**m preparing** for my TV interview tomorrow", sagt er, als ich reinkomme. Er ist oft im Fernsehen, allerdings nur als Stimme, denn er ist Simultandolmetscher.
"Dad, I need a book."
Ich spreche mit ihm meistens englisch. Mein Bruder Kevin und ich sind zweisprachig aufgewachsen, denn Dad stammt aus London.

to prepare
(sich) vorbereiten
Swedish
schwedisch
what it used to be
wie es mal war

"What kind of book?", fragt Dad.
"A book on how to write love letters."
Dad hat Bücher über absolut alles, und das in sieben Sprachen.
"Sure." Er verschwindet kurz im Dunkel zwischen den Regalen und taucht mit drei Büchern wieder auf.
100 Kärleksbrev steht auf dem ersten, das er mir reicht.
"My **Swedish** isn't **what it used to be**", sage ich. Als wir im letzten Sommer Urlaub in Schweden gemacht haben, bin ich ganz gut klar gekommen, aber inzwischen habe ich alles wieder verlernt, bis auf zwei Wörter, die in Liebesbriefen garantiert nicht vorkommen: *toalett* und *apelsin*.
Dad hält das zweite Buch hoch. "How about this one? *I più belli lettere d'amore*."

"**I'm afraid** my Italian is only good enough to order *insalata mista* and *pizza quattro stagioni*."

"So, **this will have to do.**" Er reicht mir das dritte Buch. "*Historische Liebesbriefe großer Komponisten*."

Ich schlage es kurz auf. "Ich weiß nicht so recht", meine ich mehr zu mir selbst. "*Dein allerliebst Antlitz* versteht doch heutzutage kein Schwein."

Dad kneift die Augen zusammen, um besser nachdenken zu können. "Ah, I think there's something over there." Er wühlt in einem Bücherberg hinter der Tür und bringt ein dünnes Heft zum Vorschein. "*My First Love Letters*."

Ich reiße es ihm aus der Hand. "Perfect. Thanks, Dad." Zurück in meinem Zimmer, schlage ich das Heft einfach irgendwo auf.

I'm afraid ich fürchte
This will have to do. Das wird reichen müssen.
would be wäre
beloved geliebt
touch Berührung

Dear X,
My life **would be** sad and lonely without you. My dreams would be empty and dark.

Müssen Liebesbriefe immer so schnulzig sein? Ich schüttle den Kopf und blättere weiter.

My **beloved** X,
My hands still feel your **touch**. My lips still taste your kiss.

Thorsten würde sich davon mit Sicherheit veralbert fühlen, vor allem, weil er Lissy bis jetzt weder berührt noch geküsst hat. Darum geht es bei der ganzen Aktion auch nicht. Ich unternehme einen letzten Versuch.

X, my darling,
Words are not enough to tell you ...

Das gibt mir den Rest. So ein Quark! Ich hab's mir einfacher vorgestellt, der Lifestyle-Coach für Lissy zu sein.
Lissy ist meine Kusine aus England, die Tochter von Dads Schwester Julia. Tante Julia und ihr Mann sind Archäologen und verbringen gerade ein Jahr in Asien. Lissy wohnt so lange bei uns. Da ihr Vater Deutscher ist und sie deshalb recht gut deutsch spricht, ist es für sie kein Problem, in meine Klasse zu gehen. Ich teile auch mein Zimmer mit ihr und finde es super. Lissy ist 14, genau wie ich.
Eine weitere Gemeinsamkeit ist, dass wir beide noch nie einen Freund hatten. Bei mir liegt es daran, dass Jungs mich zu sehr mögen. Sie sagen zu mir 'Du bist ein toller Kumpel', 'Mit dir kann man richtig gut reden' oder 'Du bist nicht so zickig wie andere Mädchen', und dann gehen sie mit den zickigen Mädchen, mit denen man nicht richtig reden, aber umso besser herumknutschen kann.
Lissy hat genau das umgekehrte Problem. Sie sieht super aus mit ihrem hübschen Gesicht und den kastanienbraunen Haaren, die ihr fast bis zum Po reichen, aber sie ist so schüchtern, dass sie niemals mit einem Jungen reden würde. Sie wird schon rot, wenn sie nur ein Poster von ihrem Lieblingsstar anschaut.
Lissy und ich haben kurz nach ihrer Ankunft in den

Sommerferien beschlossen, uns in diesem gemeinsamen Jahr gegenseitig zur ersten Liebe zu verhelfen. Das ist unser Lifestyle-Coaching.

Ich habe selbst schon alles Mögliche unternommen. Ich habe mir zwei Jahre lang die Haare wachsen lassen, doch statt lang und wallend wurden sie nur fransig und unansehnlich. Dann doch lieber der kurze, freche Haarschnitt, der wenigstens zu meinem Typ passt. Ich habe mir Klamotten gekauft, die eines Popstars würdig gewesen wären. Aber alles saß viel zu knapp und ich sah darin aus wie eine verschnürte Fleischwurst. Ich habe nun mal keine langen, schlanken Beine, die durch einen Minirock so richtig zur Geltung kommen. Als ich versucht habe, mich mit Stöckelschuhen optisch zu strecken, hat es mich schon beim dritten Schritt der Länge nach hingelegt. Also wieder zurück zu Turnschuhen, Jeans und T-Shirts.

spitfire Feuerspucker
greased lightning geölter Blitz
to try versuchen

Meine Zimmertür geht auf.

"Hey, we're back." Lissy hat Benny auf dem Arm, den Nachzügler in unserer Familie, mit dem sie jeden Tag auf den Spielplatz geht. Benny ist knapp zwei Jahre alt und gerade in der Plapperphase. "Mini pigs", ruft er und strampelt mit den Beinen, damit Lissy ihn runterlässt.

Mit *mini pigs* meint er meine beiden *guinea pigs*, die Meerschweinchen **Spitfire** und **Greased Lightning**.

Lissy stellt ihn vor den Käfig und passt auf, dass er nicht daran rüttelt.

"I just **tried** to write a love letter you can give to Thorsten", sage ich. "But it's **useless**. I couldn't **come up with** anything that sounded **romantic** enough but not too **idiotic**."

"Why Thorsten? He's not my **type** at all." Ich mache es mir im Schneidersitz auf meinem Bett bequem. "I thought it would be easier for you to try first with someone you don't **have a crush on**."

"No way! That would be even more **embarrassing** than giving a love letter to a boy I do **fancy**."

"You're right. But I'm not giving up. How about doing something really **spectacular**?"

Lissys Begeisterung hält sich in Grenzen. "Like what?"

"I could **enter** a **beauty contest**." Ich stehe auf, balanciere mein Gewicht auf der Matratze aus, verbeuge mich zu hoffentlich tosendem Beifall und halte eine Dankesrede: "This is the first time I've won a contest. I'm so happy I could cry. I want to thank my wonderful family and friends. Thank you all so, so much. The **judges may** now take off their **blindfolds**."

useless nutzlos
to come up with sth sich etw ausdenken
romantic romantisch
idiotic idiotisch
type Typ
to have a crush on sb in jdn verknallt sein
embarrassing peinlich
to fancy sb auf jdn scharf sein
spectacular spektakulär
to enter teilnehmen an
beauty contest Schönheitswettbewerb
judge Richter
may dürfen
blindfold Augenbinde
speech Rede

Benny klettert auf mein Bett und hüpft. Ich lasse mich fallen und kitzle ihn durch.

Lissy kichert, als hätte ich sie auch gekitzelt. "I suppose I might have a chance of winning a beauty contest, but I don't think I'd be able to give a **speech**

afterwards danach
rather lieber
to wish sich wünschen
fair deal gutes Geschäft
sacrifice Opfer

afterwards. I'd **rather** hide behind the judges."

"Aren't we a dream team? I **wish** we could swap bodies for a day. Although it wouldn't be a **fair deal** for you." Ich wäre dann selbstbewusst und hübsch und die arme Lissy wäre unsicher und dazu auch noch unattraktiv.

"I'd do it for you, you know", sagt sie.

"What a big **sacrifice**."

"Yes", johlt Benny vergnügt. "I want a big, big ice."

To Be or Not to Be

Es ist Montag und das neue Schuljahr ist erst ein paar Tage alt. Ich habe mich noch nicht daran gewöhnt, um halb sieben aufstehen zu müssen. Bis ich im Bad bin, kann ich meine Augen immerhin schon zwei Millimeter weit öffnen.
Ich bin der einzige Morgenmuffel in der Familie. Mummy, Dad, Kevin und Benny hält es nach 5 Uhr kaum noch im Bett. Dann werden sie unruhig und fangen im Schlaf an, Pläne für den Tag zu schmieden. Nur Lissy ist noch verschlafener als ich. Benny weckt sie mit wildem Indianergeheul, während ich schon gähnend in die Küche gehe.
Vor Mummys Teller stehen, wie eine kleine Mauer aufgereiht, ihre Vitamintabletten, Mineralstoffpräparate und Enzympülverchen. Sie arbeitet als Kinderärztin in einer Gemeinschaftspraxis, ist im Mutterschaftsurlaub und lebt ihre 'Berufung' jetzt an sich selbst und ihrer Familie aus. Ich bin inzwischen meisterhaft darin, mich gesund zu stellen, egal wie schlecht ich mich fühle. Lieber gehe ich mit Halsweh in die Schule, als daheim mit Schmalzwickeln und Salbeitee traktiert zu werden.
Dad hält die *Times* verkehrt herum. Mit höchster Konzentration liest er sie von unten nach oben. Das ist eine seiner Methoden, die grauen Zellen zu trainieren, wobei seine Gehirnzellen wahrscheinlich längst nicht mehr grau sind, sondern rot-grün kariert oder lila getüpfelt.
Mein zwei Jahre älterer Bruder Kevin filmt, wie immer.

Der Drang, alles für die Nachwelt aufzuzeichnen, hat bei ihm schon im Kindergartenalter begonnen. Jeden Tag, wenn er heimkam, hat er ein Bild gemalt, das die wichtigsten Ereignisse des Vormittags festhielt. Mummy hat sie alle aufgehoben, sechs dicke Aktenordner voll! Als Kevin schreiben lernte, ging er dazu über, Tagebuch zu führen, und zwar mit allen Schikanen. Jede Eintrittskarte wurde eingeklebt, jedes Bonbonpapierchen, dazu kleine Plastiktütchen mit Souvenirs: Sand von der Algarve, blutige Pflaster von seinen diversen Verletzungen und eine Wespe, die mal in seiner Suppe ertrunken ist.
Seit Kevin vor drei Jahren die Filmerei entdeckt hat, leben wir wie Promis, die von Paparazzi verfolgt werden. Nicht mal die Haustiere sind vor ihm sicher. Spitfire und Greased Lightning hat er als Hauptdarsteller seiner Tierdoku *Mehr Fell als Verstand* auserkoren.
Im Moment filmt er eine Fliege, die unablässig von innen gegen die Fensterscheibe knallt. Ich öffne einen Fensterflügel, damit das arme Tier ins Freie findet, dann setze ich mich, schenke mir Tee ein und gähne in die Tasse.

to run late zu spät kommen
Hebrew hebräisch

Dad faltet die *Times* zusammen und schaut auf seine Armbanduhr. “I'm **running late**. I have to be at the studio in twenty minutes.”
“You'd better hurry, then, darling”, meint Mummy.
“You should know me better than that.” Dad steht betont langsam auf und streckt sich genüsslich. “My motto is: *Mutav le'acher lavo ba'olam haseh me'asher lehakdim lavo la'olam haba.* That's **Hebrew**.”

Kevin richtet die DV-Kamera auf Dads Gesicht. “And what does it mean?”
“It’s better to be late in this world than to arrive too soon in the next world. In other words: **more haste, less speed**. Have a great day, kids.”
“Take your umbrella, darling”, ruft Mummy ihm nach. “It might rain.”
Ich schaue aus dem Fenster und sehe strahlenden Sonnenschein, am Himmel kein Wölkchen, nur ein paar Kondensstreifen.
Lissy und Benny kommen Hand in Hand in die Küche. Lissy kann wahnsinnig gut mit kleinen Kindern umgehen, da merkt man überhaupt nichts mehr von ihrer Schüchternheit. Darauf spreche ich sie an, als wir kurz darauf durch den schon ein bisschen nach Herbst duftenden Morgen gehen. Unser Schulweg dauert zehn Minuten und führt an der Eisdiele *Gelatissimo* und am Gemüseladen *Khalil* vorbei, bei dem wir jeden Tag auf dem Heimweg die Zutaten fürs Mittagessen besorgen. Mummy kocht grundsätzlich alles superfrisch. Wir sind sicher der einzige deutsche Haushalt, in dem es keinen Büchsenöffner gibt.
“Whenever I see you playing with Benny, I wonder why you don’t just treat everybody the way you treat **toddlers**. That would make life a lot easier for you.”
“Sure. All the boys in our class would fall **head over heels** in love with me if I said: ‘My little **sweetie** darling **cutie-pie**, let’s play with your Lego.’”

More haste, less speed. Wenn man es eilig hat, soll man langsam gehn.
toddler Kleinkind
head over heels Hals über Kopf
sweetie Schnuckelchen
cutie-pie süßer Fratz

"Exactly!", spinne ich den Gedanken fort. "Now I know what I should **have written** in that love letter yesterday: 'Hi Thorsten, my little cutie-pie, let's go to the playground together and **play hide-and-seek**.'"
Bis wir an der Schule angelangt sind, sind wir heiser vom Kichern und lehnen uns erst mal an den Glaskasten mit den aktuellen Ankündigungen. Dabei fällt mein Blick auf einen neonroten Zettel.

To all students in years 8, 9 and 10
Janice Winter invites you to join the new ENGLISH DRAMA GROUP.
Rehearsals will be every Friday from 2:30 to 4:00 p.m. in the small **assembly hall**.
The play is *Sally's Bistro*, and it's got a little bit of everything: **comedy**, **romance** and **mystery**. You will be playing young, old and **middle-aged** people, **confused** and angry people ... all kinds of people!
There's no better way to practise both your English and your **acting skills**.
So don't be **shy**, come and join the fun! Our first rehearsal is on September 8th.

to write (wrote, written) schreiben
to play hide-and-seek Verstecken spielen
rehearsal Probe
assembly hall Aula
comedy Komödie
romance Liebesgeschichte
mystery Krimi
middle-aged mittleren Alters
confused verwirrt
acting skills Schauspielkunst
shy schüchtern

'Don't be shy', hallt es in meinem Kopf wider. "Look at that!"
Lissy liest sich den Aushang durch. "What about it?"

"It's the answer to all our questions, the **solution** to all our problems, the ..."
"Yeah, I **get the idea.**" Lissy kaut unglücklich auf ihrem Daumennagel herum.
"You think I should join the drama group as a **therapy** for my **shyness**."
"Not just you, both of us. Think what a great chance it'll be to **chat up** boys. Maybe there'll be love scenes", komme ich ins Schwärmen.
"Love scenes?" Eine leichte Beunruhigung schleicht sich in Lissys Stimme.
"And since you're so beautiful and your English is **fluent, you're sure to** get the **lead**." Während ich vermutlich höchstens eine Hosenrolle abkriege oder einen stummen Butler spielen darf.
"**God forbid**." Jetzt klingt es schon nach astreiner Panik.
Ein Mädchen mit seidigen blonden Haaren schiebt mich sanft zur Seite. "Sorry, aber mir hat jemand gesagt, dass hier – he, tatsächlich! English Drama Group. Ich werd verrückt." Sie strahlt uns an. "Geht ihr da auch hin?"
"Das überlegen wir gerade", sage ich. "Ich bin übrigens Paula."
"Verena", sagt sie. "Also ich geh auf jeden Fall. Janice Winter soll ja total nett sein, die nimmt mich bestimmt. Letztes Jahr habe ich versucht, in die Mittelstufen-Theater-AG reinzukommen, aber der Fetzke, der alte Stinkstiefel, wollte mich nicht dabei haben,

solution Lösung
to get the idea kapieren
therapy Therapie
shyness Schüchternheit
to chat sb up jdn anbaggern
fluent fließend
you're sure to wirst du bestimmt
lead Hauptrolle
God forbid. Gott bewahre.

weil ich zu jung war. Meint ihr, die Winter nimmt mich, auch wenn ich erst in der Siebten bin?"
"Versuch's einfach. Mein Bruder hatte sie zwei Jahre lang in Geschichte, da hat sie ihm sogar erlaubt, sie am Anfang jeder Stunde zu filmen."
Das Ergebnis war ein Kurzfilm mit dem Titel *Shirts Don't Lie*. Janice Winter sammelt T-Shirts mit originellem Aufdruck, lauter Sonderanfertigungen, die sie von ihrem großen Freundeskreis im Laufe vieler Jahre geschenkt bekommen hat.
Es klingelt zum Anfang der ersten Stunde.
"Na, dann bis Freitag", sagt Verena fröhlich und läuft den Gang hinunter.
Lissys Daumennagel verschwindet wieder zwischen ihren Zähnen. "I'm not sure if I'**m up to it**. I'm already starting to feel nervous."

to be up to sth
zu etw fähig sein

Bei mir setzt das mulmige Gefühl in der Magengegend erst nach dem Mittagessen ein, als ich den Meerschweinchenkäfig ausmiste. Lissy ist mit Benny auf dem Spielplatz, Kevin hat Mittagsschule und Mummy googelt nach seltenen Krankheiten, je exotischer und gefährlicher, desto besser. Einen gewöhnlichen Schnupfen kann schließlich jeder diagnostizieren, für solche Lappalien hätte sie nicht studiert, sagt sie öfter. Insgeheim hofft sie bestimmt, eines Tages eine völlig neue Krankheit zu entdecken, die dann nach ihr benannt wird. Das Anna-Dylan-Syndrom oder so.
Bei mir könnte sie im Moment allenfalls das Paula-hat-sich-da-ganz-schön-was-eingebrockt-Fieber feststellen. Das letzte Mal, dass ich vor Publikum etwas

vorgetragen habe, war in der sechsten Klasse. Da haben sich alle vor Lachen gekringelt, selbst die Spinnen hinter der Tafel. An sich ist ja nichts Verwerfliches daran, komisch zu sein, aber ich habe eine Moritat gesungen, die eigentlich Furcht und Schrecken verbreiten sollte. Aber wozu habe ich einen Vater, der nicht nur Nachschlagewerke, sondern auch klassische Texte sammelt? Ich werde mir eine Shakespeare-Ausgabe schnappen und üben, üben, üben. Wer Shakespeare kann, für den ist alles andere ein Klacks.

Mit Hartnäckigkeit und einer Taschenlampe finde ich in Dads dämmrigem Arbeitszimmer schließlich den *Hamlet* und nach einigem Blättern den berühmten Monolog.

Whether 'tis nobler ... Ob's edler (ist) ...
to suffer erdulden
sling Schleuder
outrageous wütend
fortune Geschick
to take (up) arms sich (be)waffnen
to oppose entgegentreten
heartache Herzweh
thousand tausend
natural natürlich

Ich baue mich mit dem aufgeschlagenen Buch in der Hand vor dem Meerschweinchenkäfig auf. “Jungs, aufgepasst, hier gibt's Kultur vom Feinsten.”

Mit weit ausholenden Gesten meiner freien Hand und aller Hingabe, die ich aufbringen kann, deklamiere ich:

“To be, or not to be: that is the question:
Whether 'tis nobler in the mind to **suffer**
The **slings** and arrows of **outrageous fortune**,
Or to **take arms** against a sea of troubles,
And by **opposing** end them? To die: to sleep;
No more; and by a sleep to say we end
The **heartache** and the **thousand natural** shocks

That flesh is heir to, 'tis a **consummation**
Devoutly to be wished."

Die zwei Ps in *opposing* spreche ich so peppig aus, dass meine Spucke durchs halbe Zimmer spritzt.
"Terrible", höre ich Lissy sagen und drehe mich um. Sie steht mit Benny auf der Hüfte in der Zimmertür.
"How long have you been there?"
"There!", ruft Benny und deutet auf mich. Ich hauche ein Küsschen auf seinen Finger.
"Since 'a sea of troubles'."
"And it was really terrible?" Lissy schiebt Benny auf die andere Hüfte. "Benny, say: To be or not to be."
Benny nuschelt: "Tubonutubi."
"Paula, your little brother is a better actor than you."
"But what was wrong with it?"
Sie zählt es an Bennys Fingern ab. "First of all, Hamlet isn't angry, he's **desperate**. He wants to **commit suicide**. You make him sound as if he's dropped something on his toes. Secondly, you'**re emphasizing** every second word. You have to **convey intensity** and rhythm **without overdoing it**."
"Sounds like **picking your nose** and jumping up and down at the same time."
"I'll show you."
"Great; I've never seen you pick your nose."

that flesh is heir to die unsers Fleisches Erbteil
consummation *hier:* Ziel
devoutly to be wished aufs Innigste zu wünschen
desperate verzweifelt
to commit suicide Selbstmord begehen
to emphasize betonen
to convey vermitteln
intensity Intensität
without overdoing it ohne zu weit zu gehen
to pick one's nose in der Nase bohren

Lissy kichert. “No, I’ll show you how to read Hamlet.” Ich halte ihr das Buch hin, weil sie eine Hand braucht, um Benny zu halten, und die andere, um zu verhindern, dass er zu heftig an ihren Haaren zupft.
Lissy legt los. “To be ...”, kommt es sachte und nachdenklich, “ ... or not to be.” Eine tiefe Trostlosigkeit schleicht sich in ihre Stimme.
Als sie bei “To die: to sleep” angelangt ist, habe ich am ganzen Körper Gänsehaut. Zuletzt kommen mir sogar die Tränen. Benny lehnt sich zu mir rüber und tröstet mich mit einem zärtlichen “Tubonutubi.”

21 Roles for 8 Actors

Am Freitag, kurz vor halb drei, drückt sich Lissy gegenüber der offenen Aulatür an die Betonwand. "Nobody's come so far." Hoffnungsvoll fügt sie hinzu: "Maybe they'll **cancel** the play **due to lack** of **interest**."

"That would be **such a shame** for Mrs Winter." Und für mich auch. Ich habe eine anstrengende Woche hinter mir, denn es war viel Überzeugungsarbeit nötig, um Lissy wenigstens bis vor diese Tür zu kriegen.

Verena kommt angerannt. "He, Leute, ist schon jemand drin?"

"Bis jetzt nicht", sage ich.

to cancel absagen
due to wegen
lack Mangel
interest Interesse
such a shame so schade

"Na, dann lasst uns mal reingehen." Verena hakt uns unter und zieht uns in Richtung Aula. Janice Winter ist mit dem Rücken zu uns auf der Bühne dabei, Stühle im Halbkreis anzuordnen. Mit ihren rot-schwarz gesträhnten Haaren hat sie etwas von einem gut gelaunten Teufelchen.

Hinten auf ihrem T-Shirt steht: "... or not to be". Was vorne draufsteht, kann ich mir denken.

Sie hört uns hereintrampeln, dreht sich um und springt geschmeidig von der Bühne. "Finally!", ruft sie. "My first actors have arrived."

"Ich bin Verena", stellt Verena sich als Erste vor.

"This is an English drama group", sagt Janice Winter

freundlich. “So we'll speak English all the time. Hi, Verena. You look younger than the other two.”
“I'm in year seven. But I really want to be an **actress**. Please let me join the group.”
“First of all, you can call me Janice. Theatre people **are** always **on first name terms**. And second, if you want to act, I'm the last person on earth to stop you.” Janice kneift leicht die Augen zusammen, als sie mich und Lissy ansieht. “Ah, I think I know you. You're Paula and Elizabeth, Kevin's sister and cousin, right? Two **native speakers**, brilliant.”
Als Nächstes erscheint Bela, den ich kenne, weil er aus Kevins Klasse ist. Er befindet sich im Vergleich zu Lissy am anderen Ende der Schüchternheitsskala. Er stürmt die drei Stufen zur Bühne hoch, stellt sich in Fechtpose auf und brüllt: “Take this”, sticht zu, “and this.”
Er schwingt seinen unsichtbaren Degen, bis sein ebenfalls unsichtbarer Gegner am Boden liegt und er ihm den Gnadenstoß versetzt. “Das hast du nun davon, du elender Schuft, dass du meine Frau gestohlen und mein Vieh geschändet hast. Ha!”
“Müsste das nicht umgekehrt sein?”, fragt Verena. “Die Frau geschändet und das Vieh gestohlen?”
“And in English, please”, bittet Janice.
Bela malt mit dem Degen eine Acht in die Luft. “Ich weiß nicht, was *schänden* auf Englisch heißt.”
Janice besteigt die Bühne, zieht ihren eigenen unsichtbaren Degen und fuchtelt damit vor seiner

actress
Schauspielerin
to be on first name terms
sich mit Vornamen anreden
native speaker
Muttersprachler(in)

Nase herum. “Serves you right, you miserable scoundrel! This is for defiling my wife and stealing my cattle. Ha!”
“Ist das hier die Drama Group?”, fragt ein Junge mit einem Skateboard unter dem Arm. Er hat auffallend lange, dunkle Wimpern, die aussehen wie getuscht.
“Nein, das ist das Kinderparadies”, sage ich. “Du kannst deinen kleinen Bruder hier abgeben, solange du in den Skaterpark gehst.”
Der Junge deutet grinsend auf Bela und Janice, die sich auf der Bühne einen Fechtkampf auf Leben und Tod liefern. “Lockerungsübungen, oder?”
“Klar”, meint Verena. “Und danach kommt das Kusstraining.”
“Heißt das, wir dürfen uns nachher alle abknutschen?”
“Jeder jeden.” Sie spitzt die Lippen. “Wenn du magst, können wir uns ja schon mal aufwärmen.”
Der Junge schaut entsetzt zu Bela. “Auch die Jungs untereinander?”
“Na logo. Als Schauspieler darf man nicht zimperlich sein.”
“Ich glaube, ich geh doch lieber ins Kinderparadies.”
Jemand schiebt sich an ihm vorbei, es ist Frauke aus meiner Klasse. Ihre blonden Haare trägt sie blauschwarz gefärbt, was nicht zu ihren blassen Augenbrauen passt, dafür umso besser zu dem schwarzen Lidstrich, denn sie so breit aufträgt, dass sie wie eine Eule im Vollrausch aussieht. Was macht die denn hier? Frauke ist die geborene Einzelgängerin und lässt sich prinzipiell nicht dazu herab, mit jemandem zu reden, der nicht mindestens zehn Jahre älter ist als

sie, studiert hat und sie alle fünf Sekunden lobt, denn sie ist eine schreckliche Streberin. An sich habe ich nichts gegen Streber, meine Eltern waren schließlich auch welche und sind es genau genommen heute noch. Wenn jemand Spaß am Lernen hat – bitteschön. Aber diese herablassende Art von Frauke treibt mich regelmäßig zum Wahnsinn.

“Du bist falsch hier”, behaupte ich. “Das Symposium der zukünftigen Nobelpreisträger findet im Physiksaal statt.”

Frauke wirft mir einen vernichtenden Blick zu, was so ziemlich das Äußerste an Kommunikation ist, das eine niedere Lebensform wie ich von ihr erwarten darf. Dann geht sie erhobenen Hauptes zur Bühne, steigt die Treppe hoch und tippt Janice auf die Schulter. Bela nutzt den Moment der Unachtsamkeit für einen Ausfallschritt, durchbohrt Janice mit seinem unsichtbaren Degen und ruft: “That’s it. You’re **dead as a doornail**.”

dead as a doornail mausetot
as well auch
to loosen up locker werden

Janice, etwas außer Puste, keucht: “I’ll die another day.”

“Hey”, freut sich Bela, der sich noch lange nicht müde getobt hat. “Are you a James Bond fan **as well**?”

“Sure am.” Janice wendet sich Frauke zu. “Hi there. What’s your name?”

“Frauke. I’d like to know whether we really learn to act in your drama group or if we’ll just be playing silly games.”

“Playing silly games is the best way to **loosen up** and play other roles”, sagt Janice, völlig unbeeindruckt von Fraukes ruppigem Tonfall. "That's what acting is all about. Small children are the best actors of all." Sie sieht auf ihre Armbanduhr. "Can you all come up here on stage, please? It's already a quarter to three. I hope some more students will be coming. We'll wait another five minutes before we close the door."

Bela nutzt die Wartezeit, um uns zu zeigen, wie gut er James Bond imitieren kann, was außer Verena niemanden interessiert. Lissy und ich setzen uns auf zwei Stühle am rechten Ende des Halbkreises. Frauke hockt sich demonstrativ ans linke Ende und macht ein gequältes Gesicht.

Zwei weitere Jungs trudeln ein. Einer ist so langweilig, dass ich sein Gesicht vergesse, noch während ich ihn anschaue. Hochgeschossen, schlaksig und völlig nichtssagend. Der andere ist mir schon ein paar Mal auf dem Gang und im Pausenhof aufgefallen, weil er umwerfend aussieht, aber ich habe ihm bisher keine weitere Beachtung geschenkt. Ich bin nicht so oberflächlich, dass ich bei Jungs nur auf Äußerlichkeiten achte. Für mich sind die inneren Werte wichtiger.

Lissy flüstert mir ins Ohr: "He's **gorgeous**, isn't he?" Damit steht fest, dass ich alles daran setzen werde, Lissy mit dem gut aussehenden Jungen zu verkuppeln.

"**Absolutely**", flüstere ich zurück.

"He was standing behind us on Monday when you showed me the **notice**."

"Really? **How come** I didn't see him?"

"Hi Kim, hi Alex", begrüßt Janice die beiden Neuankömmlinge. "I'm surprised

gorgeous umwerfend
absolutely absolut
notice Ankündigung
how come wie kommt es, dass

to see you here, Alex. I had no idea you were interested in theatre."
Der langweilige Alex zuckt nur die Schultern.
Der schöne Kim fragt: "Soll ich die Tür schließen?"
"Yes, thanks." Janice zählt uns kurz durch, dann entfernt sie ein paar überzählige Stühle und schiebt die restlichen zusammen, weshalb Frauke, Lissy und ich kurz aufstehen müssen.
Am Ende sitzen wir dann in einem engen Halbkreis um Janice herum, die einen Stapel Blätter herumgehen lässt. "For those who arrived later: we'll be speaking English during rehearsals, and you can call me Janice. This is our rehearsal schedule. If we want to be ready in time for the premiere, we absolutely have to **stick to** it. If someone's ill we'll have to add an extra rehearsal, on a day we'll agree on when and if it becomes **necessary**."

to stick (stuck, stuck) to sth sich an etw halten
necessary notwendig
to get to know each other einander kennenlernen
act Akt
run-through Durchlauf

Rehearsal No.	Date	Schedule
1	8.9.	**Get to know each other**
2	15.9.	**Act** I
3	22.9.	Act II
4	29.9.	Acts I + II **run-through**
5	6.10.	Act III Autumn holidays

6	27.10.	Act IV
7	3.11.	Acts III + IV run-through
8	10.11.	Act V
9	17.11.	Act VI
10	24.11.	Acts V + VI run-through
11	1.12.	Acts I, II, III
12	8.12.	Whole play
13	15.12.	**Dress rehearsal**
	16.12	Premiere, 7 p.m. Invite everybody you know!
	22.12	Second **performance**

Bei dem Wort *Premiere* wird mir ganz mulmig. Auf was haben wir uns da eingelassen?

Aber Janice ist schon beim nächsten Thema. "I'd like to hear from each of you why you wanted to join the drama group. Frauke?"

"Acting is one of my many **talents** I **have**n't **explored** yet. As you can hear, I'm fluent in English."

"Pah!", raune ich Lissy ins Ohr. "She's only fluent in being **bitchy** and arrogant."

"And her accent is horrible", flüstert Lissy zurück. "Her t-h sounds more like a fly **buzzing**."

dress rehearsal Generalprobe
performance Vorstellung
talent Begabung
to explore erforschen
bitchy gehässig
to buzz surren

"How about you, Alex?", fragt Janice.
Alex zuckt die Schultern. "Is' mal 'ne Abwechslung."
"In English, please."
"I thought it would make a change."
"I see. Kim, what's your motivation?"
Kim schaut kurz seinen Freund an. "Alex wanted me to come with him. I think it'll be fun."
"Und ich", sagt Bela ungefragt. "Ich bin die totale Rampensau. What's that in English?"
"You're someone who hogs the limelight." Janice wendet sich Verena zu. "I already know your **ambition**."
"Yes, I want to be an actress. That's my dream."
Jetzt ist der Junge mit den langen Wimpern dran.
"I'm Robin and I'm here because it's a **challenge** for me. I **had a** terrible **stammer** until I was eleven, and it comes back **whenever** I'm angry or nervous."
"That's very brave of you, Robin." Janice lächelt mich an. "Now it's your turn, Paula. Why are you here?"
Um mich zu verlieben, denke ich, sage aber: "Because I want to explore different aspects of my **personality**." Solche hochgestochenen Bemerkungen rutschen mir manchmal einfach raus, weil Dad immer so redet. Schlimm, wie das auf mich abgefärbt hat.
"Very interesting", meint Janice.
Als Letzte ist Lissy an der Reihe. Sie wird rot und senkt den Blick. "I'm here to try and do something about my shyness."
Janice schaut zufrieden in die Runde. "We're a very interesting group, that's for sure." Sie packt die Kärtchen

ambition Ehrgeiz
challenge Herausforderung
to (have a) stammer stottern
whenever wann auch immer
personality Persönlichkeit

weg und entnimmt ihrer Tasche einen Stapel zusammengehefteter Blätter, die sie an uns verteilt. "This is the first act of the play. Please read the introduction."

Sally's Bistro

All Acts: Sally, Bob, Daniel Walker
Act I: Kate Plims, Lady Agatha, a man and a woman
Act II: Colin, Jim, Heather, two middle-aged women
Act III: Mrs Down, Mr Down, a policeman
Act IV: Kate Plims, Mr Hill, Mrs Hill,
Act V: Kate Plims, Mrs Smith, Jenny Smith
Act VI: Kate Plims, Mrs Smith, Jenny Smith, Mr Pierce, Dr. Symes

All scenes **take place** inside a bistro. The background shows the bistro door. Next to the door is a huge window with *Sally's Bistro* in **mirror writing**. **Stage left** is a **counter** with a coffee machine and other things you find in a bistro. **Upstage right** is a door with a sign saying *Toilets*.
There are four **round** bistro tables with two chairs each.

Table 1: **downstage** right
Table 2: downstage left
Table 3: upstage right
Table 4: upstage left

On each table there are: a **sugar bowl**, salt, pepper and a menu.

to take place stattfinden
mirror writing Spiegelschrift
stage left Bühne links
counter Theke
upstage right Bühne hinten rechts
round rund
downstage Bühne vorn
sugar bowl Zuckerdose

Frauke muss sich mal wieder aufspielen. "This isn't going to work. There are 21 roles, but we're only eight actors."

"There are never more than eight actors on stage at the same time", erklärt Janice. "If each of you plays **several** roles, there'll be no problem."

"*Downstage* und *upstage* – was bedeutet das?", will Kim wissen.

"*Downstage* is the front of the stage, *upstage* is the back. Remember *stage right* and *stage left* are as you see them when you're on stage, not in the **audience**. The main action takes place at tables 1 and 2. Now, let's give out the parts for the first act. Sally is the lead role. She owns the bistro and she's on stage all through the play."

Frauke setzt sich einen Tick aufrechter hin und weitet ihre Eulenaugen.

"Sally is a friendly, **optimistic** woman", fährt Janice fort. "I can easily see Verena in this role. What do you think, Verena? Would you like to play the lead?"

Anstelle einer Antwort fällt Verena Janice um den Hals.

several mehrere
audience Publikum
optimistic optimistisch
silent still

"Then there's Daniel Walker", sagt Janice, als Verena an ihren Platz zurückgekehrt ist. "He spends most of the time sitting alone, sad and **silent** at table 3. I'd say Alex is perfect for this part. Alex, do you agree?"

Alex hebt nur kurz eine Augenbraue. Bei so einer Schnarchnase geht das locker als Begeisterungsausbruch durch.

"Bob is the third character who's also in all the

scenes. He's busy making coffee and tea, serving guests, talking to Sally, and so on. I need someone **lively** for this part, someone who enjoys being on stage all the time."

Wir schauen alle Bela an. Sogar Frauke gönnt ihm diese Rolle von Herzen.

lively lebhaft
elderly in fortgeschrittenem Alter
plenty (of) reichlich
to reappear *hier:* wieder auftreten

Bela erhebt und verbeugt sich. "Zu viel der Ehre. Habt Dank, oh edle Jecken."

"Fine", sagt Janice. "There are four more roles in the first act: two **elderly** ladies called Kate and Agatha, and a man and a woman in the background. Now, you girls", richtet sie sich an Frauke, Lissy und mich. "Who'd like to play Kate? She's got **plenty of** lines and she **reappears** later."

Frauke meldet sich.

"The part is yours", sagt Janice wie ein Auktionator. Zuschlag für die bekloppte Eule links außen. "Then there's Kate's friend, Lady Agatha."

Lissy sieht mich kurz von der Seite an, dann meint sie mit kaum hörbarer Stimme: "I could play Agatha."

Als ihr Lifestyle-Coach bin ich sehr zufrieden. Sie hat mehr Mut bewiesen als ich ihr zugetraut hätte.

"So Paula will play the woman in the background." Janice wirft kurz einen Blick auf ihre Liste. "The man in the background has a little stunt to do: he falls off his chair."

Robin hebt kurz den Zeigefinger. "I could do that. I'm really good at falling."

"Ja, beim Hinfallen kann man dich jeden Tag in der Halfpipe bewundern", foppt ihn Verena.

Damit wäre Kim der Einzige, der keine Rolle bekommen hat. Er scheint nicht sonderlich enttäuscht zu sein.
Janice muntert ihn trotzdem auf. “Don’t worry, there are plenty of roles for you in the other acts. Let’s start reading. Everybody reads their part, and Kim can read the **stage directions**. **Off we go.**”

stage direction Regieanweisung
Off we go. Los geht’s.
creased zerknittert
suit Anzug
to stare starren
deep in thought in Gedanken versunken
to sip nippen (an)
in a low voice leise
tray Tablett
to dry trocknen
order Bestellung

Act I

Table 3: Daniel, a sad young man in a ***creased suit*** sits at this table during the whole play. He **stares** out of the window, **deep in thought**. When he picks up his cup to **sip** his tea, his hands are trembling.
Table 4: A man and a woman are talking ***in low voices****.*
Tables 1 and 2 are empty.
Sally collects a ***tray*** with two glasses of orange juice from the counter. Bob is standing behind it **drying** plates. Sally takes the tray to table 4.
The bistro door opens and two elegant elderly ladies enter. They sit down at table 1. Sally comes to take their ***order****.*

Sally: Hello, Mrs Plims. Hello, Lady Agatha. Lovely day, isn’t it? What can I bring you?
Kate: A cappuccino, please.
Agatha: I’ll have the same.
Sally goes to the counter to give Bob the order. Bob starts to make the coffee.
Kate: My dear Agatha, you wouldn’t believe the day

I've had (**sighs**). I called five old people's homes, but no one would ...

Agatha: (interrupts Kate and **pats** her hand) But you're still so young, Kate. I think it's much too early for you to **retire**.

Kate: Oh, Agatha, it's not for me – it's for my father. He's going to be ninety next week.

Agatha: Ah, I see. Well, it should be easy to find a home for such a nice old gentleman. What's the problem? **Is** he **refusing** to **move out** of his house?

Kate: **On the contrary**. He'd love to **move** to an old people's home, but he **insists on** taking Diana, Hazel and Clara with him.

Agatha: I see! Your father **is leading** a wild life in his **old age**.

Sally brings the cappuccinos.

Sally: How's your father, Mrs Plims? I haven't seen him around for a while.

Kate: Thanks for asking. Well, he doesn't go out much any more. His eyes are getting worse.

Sally: Please **give him my regards** when you see him.

Sally goes back to the counter.

Kate: (to Agatha) What did you say, dear? Wildlife? Oh, yes, my father loves wildlife. He really misses the long walks he used to take in the forest.

Agatha: I wasn't talking about your father's love of

to sigh seufzen
to pat tätscheln
to retire in Rente gehen
to refuse sich weigern
to move out ausziehen
On the contrary. Im Gegenteil.
to move umziehen
to insist on sth auf etw bestehen
to lead (led, led) führen
old age hohes Alter
Give him my regards. Grüß(en Sie) ihn von mir.

nature but about his (*whispers*) love of women. Wouldn't it be enough if he took only one of his girlfriends with him to the old people's home? What does he need three for, anyway?

Kate: What's wrong with you today, Agatha? My father's a gentleman. He's never had more than two girlfriends at a time.

"All right, let's stop here for a moment." Janice schaut Frauke an. "You're reading very well. Just try to sound a bit more **sophisticated**." Ihre Augen wandern zu Lissy. "You've done an excellent job so far. Please go on."

sophisticated kultiviert
to jump to conclusions voreilige Schlüsse ziehen
to throw away wegwerfen
to break sb's heart jdm das Herz brechen

Agatha: But ... but you said he wanted to take Diana, Hazel and Clara with him.

Kate: (*shakes her head*) You must learn not to **jump to conclusions**. Those aren't his girlfriends. They're his dogs.

Agatha: Oh, dogs. Ha ha, silly me. When my Aunt Elsie moved to an old people's home she was allowed to bring her budgie. But dogs – and three of them! That'll never work.

They both sip their coffee.

Kate: I'll have to find another solu-tion. My first idea was to ask the people who buy my father's house to keep the dogs. But what if they **throw** them **away** later? It would **break** my father's **heart**.

Agatha: Throw them away? What a **shocking** idea. Nobody throws away a dog. They could take them to an **animal shelter**.

Kate: *(laughs)* I don't think an animal shelter would be the right place for Diana, Hazel and Clara. But maybe a museum would want them.

Agatha: As **guard dogs**?

Kate: No, as **exhibits**, of course.

They look at each other, ***frowning*** *and shaking their heads. It's* ***obvious*** *they each think the other is crazy.*

Agatha: Well, anyway, the problem with dogs is that they're a lot of work. And they're dirty.

Kate: My father's dogs are **hardly** any work at all. And as for dirty, they do get a little **dusty** sometimes, but you can **take care of** that with a **feather duster** in a few minutes.

Agatha: *(loud and* ***appalled****)* A feather duster?

The man upstage falls off his chair.

shocking schockierend
animal shelter Tierheim
guard dog Wachhund
exhibit Ausstellungsstück
to frown die Stirn runzeln
obvious offensichtlich
hardly kaum
dusty staubig
to take care of sth sich um etw kümmern
feather duster Staubwedel
appalled entsetzt

Robin lässt sich mit Karacho auf den Boden knallen. "What a fun part to play", meint er mit schmerzverzerrtem Gesicht.

Janice schüttelt den Kopf. "At the moment we're only reading. You don't have to act it yet. Your next line is *Ouch*."

Robin hievt sich zurück auf den Stuhl.

Man: Ouch.

Sally and Bob hurry to help him up.

Sally: I'm so sorry, sir. Are you all right?

Man: I'll live.

Sally takes a chair from table 3 and helps the man to sit on it. The sad young man hardly seems to notice that a chair has been taken from his table.

Man: Your furniture is quite **rickety**, if I may say so.

Sally: Actually, I've ordered new tables and chairs. I'm going to **redecorate** the bistro **with a hunting theme**.

Kate: A hunting theme? How interesting.

Sally goes to table 1.

Sally: I'm going to put **antlers** on the walls. And there'll be **paintings** with hunting scenes, **antique rifles** and so on.

Kate: You definitely need some dogs to complete the picture.

Sally: You're right. But I'm not sure I **can afford** it.

Kate: You could have my father's dogs. I'm sure he'd be happy to know they were here where he could come and see them any time. He's moving into an old people's home and he can't take them with him.

Sally: What a wonderful idea. (*looks around and points*) I'll put Diana over there, Hazel on the other side, and Clara near the counter.

rickety wackelig
to redecorate umgestalten
with a hunting theme im Jagdstil
antlers Geweih
painting Gemälde
antique antik
rifle Gewehr
to be able to afford sth sich etw leisten können

Agatha: Ha! They'll **drive** you and your customers **crazy**. Dogs jump around all the time.

Kate and Sally **exchange** an **amused** look and start **giggling**.

Agatha: (**slaps** her **forehead**) Oh, I **completely** forgot that your father was a **taxidermist**.

to drive sb crazy jdn wahnsinnig machen
to exchange tauschen
amused amüsiert
to giggle kichern
to slap schlagen
forehead Stirn
completely vollkommen
taxidermist Tierpräparator(in)
to stuff ausstopfen

"Was ist daran so witzig, dass Kates Vater Taxifahrer ist?", fragt Verena.

"A taxidermist isn't a taxi driver. It's someone who **stuffs** dead animals."

"Oh, I see. Diana, Hazel and Clara are stuffed. That's the joke here."

Janice sieht uns reihum an. "Any other questions?"

"Couldn't we do a play by Shakespeare instead?" Das kommt natürlich von Frauke. "*Macbeth,* or *Hamlet*?"

"We can do Shakespeare next year, when you all have more experience."

Bela kichert. "I've got a question, too. What did Hamlet say when he couldn't find a toilet?" Erwartungsvoll blickte er in die Runde. "To pee or not to pee."

Janices amüsiertem Gesichtsausdruck nach zu schließen, überlegt sie allen Ernstes, ob sie sich ein T-Shirt mit dem blöden Witz bedrucken lassen soll.

WHERE'S MY BRAIN When I Need It?

Am späten Sonntagmorgen, als meine Frühaufsteher-Familie bereits in alle Winde verstreut ist, leistet nur Lissy mir Gesellschaft. Unser Frühstück ist so frisch und knackig wie ein Festessen beim Karnickelzüchterverein – allerdings für die Karnickel, nicht für die Züchter.

“I already know my lines **by heart**”, sagt Lissy, nachdem sie mir dankenswerterweise den Tomatensaft weggetrunken hat. “I was surprised how much I enjoyed the rehearsal. It was a lot easier than I thought. I think my biggest problem is thinking of something to say. When I have something to read I'm only half as shy as usual.”

Tapfer mümmle ich eine Miniportion Möhrensalat mit Rucola. “Shall I write you a **text** to ... you know who?” Den Namen spreche ich lieber nicht aus. Erfahrungsgemäß führt die Erwähnung des Schwarms bei jedem Mädchen zu einer langen, kaum zu ertragenden Serie von melancholischen Sehnsuchtsseufzern. Wie heftig es Lissy erwischt hat, wurde mir spätestens auf dem Heimweg nach der Probe klar, denn sie war so geistesabwesend, dass ich sie zweimal daran hindern musste, bei Rot über die Ampel zu gehen.

Auch jetzt kommt Lissy sofort ins Schwärmen. “He's so **deep**, isn't he?”

brain Hirn
by heart auswendig
text (message) SMS
deep tiefgründig

"Well, he's ... er ... a really interesting guy." Ich wollte eigentlich sagen: 'He's a dream, the most **good-looking** guy on the planet, he's absolutely gorgeous.' Doch dann würde Lissy merken, dass Kim mich auch nicht völlig kalt lässt. Leider habe ich bei ihm keine Chance, darum versuche ich es gar nicht erst. Jungs wie er lassen sich nicht auf Kumpeltypen wie mich ein, nie und nimmer. Aber Lissy würde wunderbar zu ihm passen. "He's the perfect guy for you. I'll help you any way I can."

good-looking gut aussehend
awkward peinlich
Leave it to me. Überlass das mir.

Lissys Augen weiten sich. "Please, promise you won't do anything embarrassing. No **awkward** conversations, no love letters, no blind dates or anything like that."
Ich lege eine Hand auf Lissys. "Just **leave it to me**."

In den nächsten Tagen halte ich in jeder großen Pause nach Kim Ausschau. Vergeblich, denn unser Pausenhof ist groß und verwinkelt. Am Mittwoch läuft uns immerhin Robin über den Weg.
"Na, was machen deine blauen Flecken?" Ich kneife ihn in den Po. Lissy neben mir fällt fast in Ohnmacht über so viel Frechheit.
Robin grinst und will zurückkneifen, aber ich weiche aus.
"Irgendwann krieg ich dich", meint er grinsend, "wenn du am wenigsten damit rechnest."
"Gut zu wissen, dann werde ich sicherheitshalber meine stählerne Unterwäsche tragen. Sag mal, sind deine Wimpern eigentlich echt?"
"Ja, leider."

"Leider? Die sehen doch toll aus."
"Schon, aber wenn ich eine Sonnenbrille trage, streifen die Wimpern beim Blinzeln von innen übers Glas und verschmieren es."
Es klingelt zum Pausenende. "Drück mir die Daumen", sagt Robin zum Abschied. "Wir schreiben einen Chemietest."
"Na so was", sagt Lissy, als er weg ist. "Ich glaube, du findest ihn nett und er dich auch. I think he's got a crush on you." Während des Unterrichts spricht sie natürlich deutsch, aber wenn wir allein sind, fällt sie schon nach wenigen Sätzen ins Englische zurück.
"No way", wehre ich ab. "No boy has ever had a crush on me." Ich schaue Robin nach und weiß nicht so recht, was ich glauben und hoffen soll.
Am Donnerstag haben wir endlich Glück.
"Look, over there", sagt Lissy, als wir gerade unsere Brote tauschen, weil Mummy mir immer mehr Vitamine mitgibt, als ich verkraften kann, während Lissy sich ihr Pausenbrot selbst machen darf. Ich überlasse ihr großzügig mein zwischen zwei Scheiben Vollkornbrot eingequetschtes Salatbüfett und greife gierig nach dem Mohnbrötchen mit Nussnougatcreme. Genüsslich beiße ich hinein und sehe nach 'over there', wo Kim mit Alex in ein Gespräch vertieft ist, zu dem der Langweiler allerdings nur hin und wieder ein Nicken oder Kopfschütteln beiträgt.
"Wollen wir rübergehen?", frage ich.
"No way! He'll think I'm interested in him."
"Well, you are."
"But what shall I say?"

"We could talk about the drama group."
"That's too obvious."
Manchmal kann ich Lissys Gedankengängen nicht ganz folgen. "So I'll try a new **chat-up line**", schlage ich vor. "It's something I saw in a film. A woman was chatting up a man in a bar. She said: 'My dog has just had puppies and I need someone to help me find names for them.' It's a great way to start a conversation."
"But you don't have a dog."

chat-up line
Anmache

"No, but I have guinea pigs." Entschlossen schreite ich auf die beiden Jungs zu, doch als ich Kims Gesicht näher komme, beschleunigt sich mein Herzschlag, während sich meine Beine gleichzeitig verlangsamen. Auch mein Flüssigkeitshaushalt gerät durcheinander. Meine Hände werden feucht, mein Mund staubtrocken. Er sieht so süß aus! So mega-super-hyper-süß!!! Er gestikuliert beim Sprechen und mir fällt auf, was für schlanke, bewegliche Finger er hat. Hände zählen bei mir auch zu den inneren Werten. Irgendwie tragen meine Beine mich dann doch noch bis auf einen Meter Abstand an ihn heran.
"Hi, Paula", sagt er, als wäre es das Normalste der Welt. "Na, hast du schon deinen Text geübt?"
So zäh, wie mein Hirn gerade arbeitet, brauche ich dreieinhalb Ewigkeiten, bis ich kapiere, dass das ein Witz sein soll, weil ich im ersten Akt gar keinen Text habe. Ich grinse dämlich. Das Grinsen ist beabsichtigt, das Dämliche nicht. Schrecklich, diese plötzliche Unsicherheit. Ob es sich so anfühlt, Lissy zu sein? Ich sehe mich nach ihr um. Sie ist zwei Schritte entfernt stehen geblieben und kämpft mit einer Alfalfasprosse.

Die Sprosse gewinnt und hakt sich zwischen ihren Zähnen fest. Gesunde Ernährung ist eine echte Herausforderung.

"Hi, Lissy", sagt Kim.

Lissy schaut an Kim vorbei und Alex an. Die Ärmste traut sich nicht mal, ihrem Schwarm in die Augen zu sehen!

Um die Situation vollends zu ruinieren, taucht Frauke auf. "Ist dir irgendwie heiß?", meint sie zu mir.

Tatsächlich ist auch mein Temperaturhaushalt aus dem Gleichgewicht geraten. Meine Füße gefrieren gerade, während mein Gesicht verglüht. Es wird Zeit, dass ich meinen Plan in Angriff nehme. "Meine Meerschweinchen haben drei Junge bekommen."

Frauke ist nicht größer als ich, aber sie schafft es, mich dermaßen von oben herab anzusehen, dass ich auf das Format einer Alfalfasprosse zusammenschrumpfe. "Ich kann nicht behaupten, dass mich das interessiert."

"Lissy und ich überlegen gerade, wie wir sie nennen sollen", quassle ich weiter. "Hat jemand Vorschläge?"

"Wie heißen denn die Eltern?", fragt Kim.

"James und Anna Dylan."

Frauke macht eine abfällige Handbewegung. "Was für bescheuerte Namen für Meerschweinchen."

Paula an Großhirn, funke ich verzweifelt, arbeitet da noch jemand oder sind alle in Urlaub? Jetzt kann ich natürlich schlecht sagen, dass das die Namen meiner Eltern sind, und nicht die der Meerschweinchen. Um meine Verlegenheit zu überspielen, beiße ich ins Brötchen.

Ich rechne es Kim hoch an, dass er Frauke ignoriert

und zu mir sagt: “Ich hatte mal einen Wellensittich, der hieß Herr Schmidt, weil er immer “Herr Schmidt, bitte” zwitscherte. Keine Ahnung, woher er das hatte. Er kam aus dem Tierheim. Und Alex hat einen Papagei. Wie heißt der eigentlich?”, wendet sich Kim an seinen Freund.

Alex zuckt die Schultern. “Hat keinen Namen.”

“Kann er sprechen?”, frage ich.

“Nö. Der ist stumm wie ein Fisch.”

hankie (handkerchief) Taschentuch
to make an idiot of oneself sich zum Narren machen
chocolate spread Schokocreme

Wenn die gesamte Familie von Alex so redselig ist wie er, dann wundert mich das nicht. Ich stelle mir vor, wie sie alle beim Abendbrot sitzen und sich nur mit Nicken und Kopfschütteln verständigen. Einmal nicken: “Ja, es schmeckt.” Zweimal nicken: “Danke, davon nehme ich gern noch etwas.” Einmal nicken, zweimal schütteln: “Reichst du mir bitte mal die Butter?” Nicken, schütteln, nicken: “Habe ich euch schon erzählt, dass ich jetzt in eine Drama Group gehe?” Und der namenlose Papagei hockt daneben in seinem Käfig und langweilt sich Locken ins Gefieder.

Es klingelt. “Bis morgen”, sagt Kim und trottet mit Alex zum Eingang.

“He's got wonderful eyes.” Lissy schnickt seufzend eine Sprosse ins Gebüsch. “Do you need a **hankie**?”

“I know I **made a** complete **idiot of myself**, but I'm not going to start crying.” Rotes Gesicht, dummes Gerede, na ja, wenn's weiter nichts ist.

“I mean for your mouth.” Sie reicht mir ein Papiertaschentuch. “You've got **chocolate spread** all over it.”

Back To SQUARE ONE

Lissy schläft bereits tief und fest, obwohl sie vor fünf Minuten noch behauptet hat, sie sei wegen der morgigen Probe viel zu aufgeregt, um ein Auge zuzukriegen. Ich dagegen liege noch wach und starre an die dunkle Zimmerdecke.

Back to square one. Zurück auf Startposition.

Nach der Blamage auf dem Pausenhof heute früh hab ich Lissy gebeten, mit meinem Handy ein Foto von mir zu machen, bevor ich mir das Gesicht waschen ging. Das Foto habe ich Nina aufs Handy geschickt und dazu eine SMS: "Hallo Schnuckelchen, schau mal, wie blöd ich mich angestellt habe, als ich einen süßen Typen anquatschen wollte. Meld dich mal wieder. Hab dich lieb, Paula."

Eine Antwort habe ich noch nicht bekommen, dabei ist Nina meine beste Freundin – obwohl ich mir nicht sicher bin, ob sie es wirklich immer noch ist, denn ich sehe sie nur noch selten. Das liegt gar nicht mal so sehr daran, dass sie sitzen geblieben ist, sondern an Enzo, mit dem sie seit zwei Monaten geht und der sie völlig mit Beschlag belegt.

Als wir noch klein waren, haben Nina und ich gern zusammen Schloss gespielt. Wir haben aus Wäscheleinen und Betttüchern ein Königreich gebaut und so getan, als wären wir Prinzessinnen, die auf ihren Traumprinzen warten. Als Prinz musste ein Teddy herhalten, der auf einem Barbie-Pferd angeritten kam.

Jetzt hat Nina einen Traumprinzen gefunden, mit ge-

gelten Haaren und zwei Piercings an der rechten Augenbraue, während ich immer noch ungeküsst bin.
Schade, dass wir in der Drama Group dieses Bistro-Stück aufführen. Ein Märchen wäre mir lieber. Allerdings würde ich die Rolle der Prinzessin sowieso nicht kriegen, die wäre eher was für Lissy. Kim wäre die Optimalbesetzung für den Prinzen. Und der Rest unserer Truppe? Bela würde einen prima Hofnarren abgeben. Frauke könnte ich mir gut als böse Stiefmutter vorstellen, Verena als holde Jungfer, Robin als Pferdeknecht und Alex als stummen Diener. Und ich wäre bestenfalls eine Dienstmagd. Ich seufze mich in den Schlaf.
Bevor wir am nächsten Tag zur Probe gehen, will Lissy, dass ich sie abhöre. Natürlich beherrscht sie ihren Lady-Agatha-Text aus dem Effeff, vorwärts, rückwärts und seitwärts.
Mummy drängt mir noch schnell eine Jacke auf – ein flauschiges Fleeceteil, bestens geeignet für Polarnächte, aber aus Mummys Sicht gerade mal warm genug für milde Spätsommertage. Kaum sind wir aus der Tür, ziehe ich die Jacke wieder aus und binde sie mir um die Hüfte.
Vor der Aula wartet Verena auf uns. “Hallo, da seid ihr ja. Ich bin schon ganz hippelig. Hoffentlich ist mir niemand böse, dass ich die Hauptrolle bekommen habe.”
Sie plappert ohne Punkt, Komma und Bindestrich, bis wir am Rand der Bühne angelangt sind, wo Janice Winter zusammen mit Bela und Robin Stühle in Zweierpaaren aufstellt, so wie sie sich später an den vier Bistrotischen gegenüberstehen werden.

Auf ihrem grellroten T-Shirt prangt der Spruch: "A pizza a day keeps the hunger away". Offenbar kennt sie nicht Mummys mit Gemüse belegte Vollkornpizza, die würde sich niemand täglich antun wollen.
Frauke steht untätig herum, denn für körperliche Arbeit ist die Eule sich viel zu fein. Ich binde die Jacke um meine Hüften los und schleudere sie nach rechts, wo drei Meter entfernt ein Stuhl steht, doch mitten in ihrer Flugbahn landet sie jemandem auf dem Kopf. Kim! Hätte ich nicht Alex treffen können, der wie ein Schatten neben Kim hertrottet?
Kim zupft sich die Jacke vom Kopf und hält sie mit ausgestreckten Armen von sich weg. "Hm, nicht meine Größe." Grinsend legt er sie auf den Stuhl. "Na, haben deine Meerschweinchen inzwischen Namen?"
"Öh", sage ich.
Wenn ich in die Oberstufe komme, werde ich dem Debattierclub beitreten. Vielleicht ist bei mir rhetorisch ja noch etwas zu retten. Immerhin schaffe ich es diesmal, meine Körperfunktionen in Schach zu halten.
Janice klatscht in die Hände. "Everybody's here, that's great. I was a little worried that some of you might **drop out**. Come on stage, everybody."
Das Warm-up besteht heute darin, dass wir in wildem Durcheinander Slalom um die Stühle laufen, wobei wir auf Zuruf von Janice unsere Körperhaltung ändern sollen.
"**March** like **soldiers**. **Shuffle** like someone who's

to drop out aussteigen
to march marschieren
soldier Soldat(in)
to shuffle schlurfen

tired. Take slow, **solemn** steps as if you're at a **funeral**. Now imagine you're a model on a **catwalk**."
Wir rempeln dabei immer wieder gegeneinander, es gibt viel Gekicher und zum Schluss ein solches Kuddelmuddel, dass Janice meint: "Now you're **relaxed** enough we can start rehearsing."

solemn feierlich
funeral Beerdigung
catwalk Laufsteg
relaxed entspannt

Wir schieben die Stühle, die umgekippt oder durcheinander geraten sind, wieder in die richtige Position. Dann stellt Janice uns auf: Alex sitzt hinten links und nimmt ohne weitere Regieanweisungen eine zusammengesunkene Haltung ein. Robin und ich werden hinten rechts hingesetzt und sollen während des ersten Durchgangs still sein, um die anderen nicht in ihrer Konzentration zu stören. Bela werkelt hinter einer Stuhlreihe herum, die provisorisch den Tresen darstellt, vor dem Verena ihre Ausgangsposition als Sally einnimmt. Frauke und Lissy warten im Hintergrund darauf, durch die noch nicht vorhandene Bistrotür zu kommen und sich auf die Stühle vorne links zu setzen.
"Remember your positions", sagt Janice. "This is where I want you to be when I say: 'Back to square one'."
Ich gebe Lissy das Daumen-hoch-Zeichen, doch sie sieht mich gar nicht an. Ihr Blick ist auf Alex geheftet, den sie bestimmt um seine stumme Rolle beneidet.
"Everybody ready?", fragt Janice. "Okay – action!"
Verena, Frauke und Lissy setzen sich noch etwas unsicher in Bewegung. Ich bekomme Herzklopfen, als mir klar wird, dass wir *Sally's Bistro* in drei Monaten

tatsächlich vor Publikum aufführen werden. Im Moment besteht unser Publikum nur aus Kim, der in der ersten Reihe sitzt.

Lissy spricht anfangs so leise, dass ich sie kaum hören kann, aber allmählich passt sie sich in der Lautstärke an Frauke an. Puh, das erste große Hindernis ist überwunden. Ich bin so konzentriert auf die beiden, dass ich vor Schreck beinahe hintenüberkippe, als sich Robin auf sein Stichwort hin (*Agatha*: "A feather duster?") auf den Boden knallen lässt und sehr überzeugend "Ouch" schreit.

Verena vergisst vor Lachen ihren Text. "What was my line again?"

"I'm so sorry, sir. Are you all right?", soufflierte Frauke. Klar, sie hat nicht nur ihren eigenen Text gelernt, sondern auch noch den ganzen Rest. Wer eine Streberin sein will, muss das konsequent durchziehen. Davor habe ich durchaus Respekt.

Wir bringen den Akt ohne weitere Zwischenfälle zu Ende. Kim applaudiert, pfeift und trampelt mit den Füßen, um ein großes, begeistertes Publikum zu simulieren.

"Brilliant", lobt Janice, "that was absolutely **amazing**. Just **a couple of** things: Bela, please don't do that crazy **dance**. It **distracts** the audience from the main action. Alex, you should move a bit from time to time, just so that everyone knows you're still alive. Robin, you don't have to throw yourself to the ground quite so **violently**. It's enough if you just push over the chair and slide onto the floor. Paula, please stop star-

amazing erstaunlich
a couple of ein paar
dance Tanz
to distract ablenken
violently heftig

hypnotized hypnotisiert
attention Aufmerksamkeit
under your breath im Flüsterton

ing at the audience like that – you look like a rabbit **hypnotized** by a snake. Your **attention** is supposed to be on Robin."

Upps, habe ich wirklich die ganze Zeit Kim angestarrt? Ob er was gemerkt hat?

Janice gibt Frauke, Lissy und Verena noch eine Reihe von Regieanweisungen, dann heißt es: "Back to square one. We're starting again. Robin and Paula, this time you can talk **under your breath**."

"Endlich dürfen wir kuscheln", sage ich. Wieder ein Versprecher, den die Welt nicht braucht! "Äh, ich meinte natürlich tuscheln."

Robin senkt die Augenlider, bis seine langen Wimpern seine Backenknochen beschatten. "Kuscheln? Aber klar, gerne. Wann und wo?"

Eigentlich ein ganz guter Einstieg in unseren improvisierten Tuscheltext, finde ich und ziehe mit. "Wie wäre es in zehn Jahren auf dem Mount Everest?"

"Mist, da bin ich komplett ausgebucht. Morgen würde mir echt besser passen."

"Da habe ich schon eine Verabredung in der Sahara, mit einem ganz wüsten Kerl."

Robin grinst. "So wird aus uns nie etwas. Schick den Wüstling in die Wüste und reite mit mir zusammen auf einem Kamel in den Sonnenuntergang."

"Wenn du Bela wärst", sage ich, "dann würdest du jetzt dein Skateboard zum Kamel ernennen und wir würden ..."

In dem Moment stürmt Bela heran und reißt Robin den Stuhl unterm Hintern weg.

"Ouch!" Robin ist noch überzeugender als vorhin und so sauer, dass er in sein Stottern zurückfällt. "Du B-b-blödmann, was s-s-soll das?"
Janice kommt zu uns rüber. "Bela, why did you do that?"
"He missed his – dingens. Stichwort."
"Yes, he missed his cue, but Bela, please don't **improvise**. We're not doing **stand-up comedy**."
"Pity. I'm really good at that, you know."
Bela hoppelt wieder hinter die Stühle, die den Tresen darstellen. Er hoppelt wirklich! Ob seine Mutter ihm zum Frühstück auch vorzugsweise Karnickelfutter serviert?
Janice sagt: "All right, we'll continue from here. Robin, stay where you are. And – action!"
Wenige Sätze später wird die Probe schon wieder unterbrochen, diesmal von unserem 'Publikum'.
Verena hat gerade gesagt: "I'll put Diana over there, Hazel on the other side, and Clara near the counter."
Da springt Kim auf. "Hey, Paula, I know what you can call your babies: Diana, Hazel and Clara. What do you think?"
"Babies? What babies?", will Verena wissen.
"Guinea pigs", erklärt Frauke und bringt es fertig, es wie ***furry*** *idiots* klingen zu lassen.
"Oh, how sweet!" Verena klatscht in die Hände. "I want to see them."
Jetzt habe ich den Salat. Wo bekomme ich so schnell entweder eine Ausrede oder drei Meerschweinchen-babies her? Ich verschaffe mir erst mal einen Auf-

to improvise improvisieren
stand-up comedy *etwa:* Alleinunterhalter-Show
furry pelzig

to disturb stören

schub. "Maybe in a week or two. At the moment they're always in their nest and they can't be **disturbed**."

Verena ist immer noch ganz aus dem Häuschen. "I love guinea pigs. I've always wanted one. Are you going to keep yours?"

"Ladies and gentlemen", ruft uns Janice zur Ordnung. "You can talk about your pets later – now let's go back to square one."

Robin reibt sich den schmerzenden Po. "Oh no, not again."

Da habe ich die rettende Idee. "Kim, could you give me my jacket, please?"

Er wirft mir die Jacke zu und ich polstere damit die Stelle, auf die Robin sich gleich wieder fallen lassen wird. Er schwört mir ewige Dankbarkeit und die Probe kann weitergehen.

OH!

Zwei Durchgänge später sitzt die Szene schon recht gut.

"In the second act", sagt Janice, während sie den neuen Text verteilt, "there are five new roles: an ordinary-looking young man called Colin, a very good-looking man called Jim, a young woman called Heather, plus two middle-aged women in the background. Robin, would you like to play Colin? Kim, I think you're the right person to play Jim. Paula, you'll be Heather. Frauke and Lissy will be the women in the background. Is that okay for everybody?"

worth living lebenswert
to clear abräumen
camomile tea Kamillentee

Alle nicken, ich nicke schicksalsergeben mit. "Life wouldn't be **worth living** without challenges", sagt Dad öfter, also her mit den Herausforderungen!

Wir lesen den Text mit verteilten Rollen, Janice übernimmt die kursiv geschriebenen Regieanweisungen.

Act II

Sally ***clears*** *table 1.*

Bob goes to table 3 and collects the empty tea cup.

Bob: Can I bring you another **camomile tea**, Sir?

Daniel: Oh, yes, thanks.

So wie Alex seinen Text vorgelesen hat, klang es mehr nach 'Oh, äh'.

"We'll change that", meint Janice und macht sich einen Vermerk in ihrem Text. "Daniel just nods."

Sally and Bob meet at the counter. Sally clears the tray. Bob prepares a cup of tea.

Bob: I wonder what's the matter with that sad guy over there. He's been here for more than two hours, just staring **into the distance**.

Sally: I've never seen him here before. He seems to be very **upset** about something. Maybe he lost his job today and is scared to go home and tell his wife the bad news.

Bob: Or his wife threw him out and now he doesn't know where to go.

into the distance in die Ferne
upset erschüttert
confident selbstbewusst
to make a fuss Wirbel machen
to leave weggehen

The bistro door opens. Two middle-aged women enter and sit down at table 4. Sally takes the camomile tea to table 3, then goes to table 4 and asks the women for their order.

The door opens again. Colin and Jim enter. Jim is wearing a business suit and carrying a red rose. He is good-looking, relaxed and **confident**. Colin is wearing jeans and a jersey. He is ordinary-looking, nervous and insecure.

Colin: I suggest you sit over there *(points at table 1)* and I'll sit here *(points at table 2)*, so I can watch and listen. God, why did I start all this?

Jim: *(sits down and puts the rose on the table in front of him)* Stop **making a fuss** or I'll **leave** and let you deal with the situation by yourself.

Sally comes to table 1. Colin is still standing next to Jim's chair.

Sally: Hello, Colin. Why don't you sit down? Don't you trust my chairs? *(smiles)*

Colin: *(points at table 2)* I'll be sitting over there.

Colin sits down at table 2. Sally follows him.

Sally: You didn't have an argument with your friend, I hope?

Colin: No, but I did something very stupid and now I have to try and **put it right**. I have a date with a woman I met in a chatroom. Her nickname is Sunny-side-of-life. My nickname is Tiger007. Don't laugh.

Sally **grins** and puts a hand over her mouth.

Colin: She seemed really nice, **witty** and friendly. After chatting for a couple of weeks we decided to swap photos. She sent hers first. She's a real **beauty**, with long dark hair and a face **to die for**. Now, look at me! A woman like that would never be interested in a guy like me. But I didn't want to stop chatting to her, so I sent her a picture of my good-looking friend Jim. Sunny-side-of-life and I chatted for another month until I made a stupid mistake: I suggested we should meet.

to put sth right etw in Ordnung bringen
to grin grinsen
witty witzig
beauty Schönheit
to die for zum Sterben schön

Sally: And now you can't show her your real face because she thinks you look like your friend. What's your plan?

Colin: I don't have a plan. Im just going to watch what happens when Sunny-side-of-life meets Jim, who she thinks is Tiger007.

critically kritisch
to bet (bet, bet) wetten
favour Gefallen
politely höflich
to indicate deuten auf
to pour einschenken
cheerfully fröhlich

The door opens and Heather enters: a young blonde woman in jeans and a T-shirt. She looks around, then walks up to table 1.
Heather: Hi.

Wow – ich hab's geschafft! Meine erste Textzeile und niemand hat mich ausgelacht. Mein *Hi* kam so richtig locker und überzeugend rüber. Ich beginne, Gefallen am Theaterspielen zu bekommen. Wer weiß, was für unerkannte Talente in mir schlummern.

Jim: (*eyes her* ***critically***) I'm sorry, but I'm waiting for someone.

Heather: (*looks at the rose, then at Jim, smiles*) I **bet** you're waiting for a really beautiful lady.

Jim: (*rudely*) Yes, I am. Now, do me a **favour** and find somewhere else to sit.

Heather: (*shakes her head, frowns and goes to table 2*) May I?

Colin: (***politely*** **indicates** *the empty chair*) Of course.
Heather sits down.

Sally: What would you like to drink?

Heather: A Coke, please.

Colin: Same for me. Thanks, Sally.

Sally goes to the counter. Bob **pours** *the Cokes.*

Heather: I'm Heather.

Colin: My name's Colin. Nice to meet you.

Colin and Heather continue to talk ***cheerfully*** *in low voices.*

“Wir dürfen wieder kuschel-tuscheln”, raunt Robin mir zu.

Jim looks at his watch.

Jim: (**leans over** to table 2): She's already two minutes late. Are you sure you got the time right, Colin?

Colin: Of course. You're such a **control freak**.

Jim: (**lifts** a finger) Miss, a cup of coffee please. But not the cheap stuff.

Colin and Heather continue to talk quietly. ***Every now and then*** *they giggle or laugh. Sally serves Heather and Colin, then goes to Jim.*

Sally: We have a great **selection** of **freshly-ground** coffee.

Jim: Just bring me the best one you have.

Sally goes to the counter. Bob prepares the coffee. The two women at table 4 ask for the **bill**. Sally goes to their table. They pay and leave.

Bob brings Jim a cup of coffee, then returns to the counter. Jim **fiddles with** the rose. He gets more and more **impatient**, looks at his watch, at the door, then back at his watch.

Sally goes to table 3.

Sally: Is there **anything else** I can bring you? Are you hungry? We have an excellent **apple pie**. If you can't pay, that's no problem. **It's on the house**.

to lean over sich hinüberbeugen
control freak Kontrollfreak
to lift heben
every now and then ab und an
selection Auswahl
freshly-ground frisch gemahlen
bill Rechnung
to fiddle with sth mit etw herumspielen
impatient ungeduldig
anything else sonst noch etwas
apple pie Apfelkuchen
It's on the house. Das geht aufs Haus.

Alex seufzt. Als Nächstes hat er zwei ganze Sätze zu sagen.
"Come on, wake up", treibt ihn Frauke an, die schlecht gelaunt ist, weil sie keinen Text hat.

Daniel: I'm not hungry, but thank you for the offer. I hope you don't mind that I'**ve been occupying** the table for so long. *(He takes out a* ***wallet*** *and opens it. A photo falls onto the table)*
Sally: That's no problem, sir. You don't have to pay yet. Please stay as long as you want. *(She looks at the photo. Daniel tries to pick it up, but his fingers are trembling.)* Is this your wife? She's beautiful. And the little girl in her arms must be your daughter. She's got your eyes.
Daniel: Yes, that's my wonderful family (*starts to* ***sob***, but **controls himself**). Could I have another cup of tea, please?
Sally goes to the counter to give the order to Bob. Jim gets up to leave. He throws the rose onto table 2.
Jim: *(to Colin)* I'm not going to wait any longer. If she **turns up**, tell her her nickname shouldn't be Sunny-side-of-life, but Stupid-cow-who-can't-**tell-the-time**.
Heather: (***shocked***) Oh!

Das "Oh" habe ich wirklich gemeint, darum gelingt es mir besonders gut. Kim spielt den arroganten Blödmann so

to occupy besetzen
wallet Brieftasche
to sob schluchzen
to control oneself sich beherrschen
to turn up auftauchen
to tell the time sagen, wie spät es ist
shocked schockiert

überzeugend, dass ich mich frage, ob er überhaupt der Richtige für Lissy ist.

Colin: (to Jim) Hey, I'm sorry, Jim. I'm sure there's a reason why she couldn't come.

Jim: Then she should at least have sent a text message.

Colin: I hope she hasn't had an accident.

Jim: (goes to the door) I don't care.

Heather: (calls after him) Wait. I'm sorry. It's all my **fault**.

Jim doesn't listen. He leaves.

Colin: Your fault? What have you got to do with it?

Heather: It's **complicated**. I don't know where to start.

Sally comes to their table. She brings a vase and puts the rose in it.

Sally: (to Colin) Maybe I can help. My **guess** is that Sunny-side-of-life turned up on time, but your arrogant friend sent her away.

Colin: (looks at Heather) You're Sunny-side-of-life?

Heather: Yes, that's my nickname.

Colin: But you don't look like the girl in the photo.

Heather: You never know whether you're chatting to a nice guy or some crazy person. So I sent a photo I'd copied from the website of a model **agency**. But now I'm **glad** I didn't send my own photo. Tiger007 **turned out to be** an arrogant **prat**.

fault Schuld
complicated kompliziert
guess Vermutung
agency Agentur
glad froh
to turn out to be sich erweisen als
prat Depp

Colin stares at Heather ***wide-eyed****.*

Sally: Arrogant? No way. Tiger007 is one of my **regulars**. He's a really nice, polite, friendly guy.

Heather: (**shrugs**) If you say so.

Sally: And he's sitting **right here** looking at you.

Heather looks at Colin wide-eyed. They start giggling. Colin pays. Heather picks up the rose. They leave hand in hand. Sally clears the table, grinning from ear to ear.

wide-eyed mit aufgerissenen Augen
regular Stammgast
to shrug mit den Achseln zucken
right here genau hier

Hand in Hand! Super. Robin ist zwar nicht mein Traumprinz, aber so komme ich wenigstens mal in den Genuss einer zärtlichen Berührung. Die nächste Probe wird auf jeden Fall interessant werden.

WHAT A MESS!

Am Wochenende ist es noch sonnig, aber dann schlägt der Herbst voll zu. Am Montagnachmittag schüttet es wie aus Kübeln. Weil Lissy nicht mit Benny auf den Spielplatz gehen kann, baut sie mit ihm im Wohnzimmer seine Holzeisenbahn auf. Kevin filmt durch das Panoramafenster "das faszinierende Zusammenspiel von Wind, Wasser und Wolken".

Ich langweile mich, und da ich es inzwischen satt habe, auf eine SMS oder einen Anruf von Nina zu warten, beschließe ich, zu ihr zu gehen und sie höchstpersönlich an meine Existenz zu erinnern. Als der Himmel etwas aufgeklart hat, mache ich mich auf den Weg, auch wenn Nina von meinem unangemeldeten Erscheinen wahrscheinlich überhaupt nicht erbaut sein wird.

Ninas Mutter Greta, mit der ich per du bin, weil sie mich schon von Geburt an kennt, freut sich immerhin sehr, mich zu sehen, und umarmt mich innig.

"Mensch, Paula, schön, dass du dich auch mal wieder blicken lässt. Du trägst die Haare ja wieder kurz. Steht dir gut. Geh ruhig hoch, aber klopf erst mal. Enzo ist da."

Klopfen? Ich könnte mit einer Kanone Löcher in die Tür schießen, kein Mensch würde es merken. Nina hat die Musik voll aufgedreht. Also öffne ich und mache mich durch Lichtzeichen bemerkbar. Ich knipse die Deckenbeleuchtung an, aus, an.

"He!"

Das war Nina, die vor Schreck fast von Enzo gefallen ist, mit dem sie auf dem Boden liegt. Jedenfalls vermute ich, dass es der Boden ist. Es könnte auch die Spitze eines bis zum Erdmittelpunkt reichenden Müllbergs sein.
Ich stelle die Musik auf eine erträgliche Lautstärke. "Wie sieht's denn hier aus? Und was treibt ihr da?"
Ich ziehe den Rollladen hoch und reiße das Fenster auf, denn der Mief hier drin ist kaum zu ertragen.
Nina streicht sich die Haare aus dem Gesicht und zieht ihr T-Shirt zurecht. "Du führst dich auf wie meine Mutter."
"Und du wie eine Geisteskranke. Ist ja wohl nicht zu viel verlangt, mal fünf Sekunden deine Pfoten von Enzo zu lassen und meine Nachrichten zu beantworten."
Enzo brummt etwas, dass sich so ähnlich wie 'Ich muss aufs Klo' anhört, aber auch 'Ich bin im Zoo' oder 'Heut pfeift mein Po' lauten könnte, und trollt sich Richtung Badezimmer.
"Deine doofen SMS", sagt Nina patzig. "Du schreibst doch nur Kinderkram."
"Ach, und du bist natürlich total reif und erwachsen. Darum sieht es bei dir aus wie bei einem hundertjährigen Messie."
Enzo kommt wieder. "Schnellpisser", verkündet er stolz.
"Bravo." Ich klatsche Beifall. "Echt toll! Genau so stelle ich mir einen Traumprinzen vor. Einen nach Schweißfüßen stinkenden Schnellpisser. Romantischer geht's ja beim besten Willen nicht."
"So, das reicht." Nina steht auf und schiebt mich aus

der Tür. “Warum gehst du nicht runter zu Mami und lässt dir von ihr vorjammern, wie schwer sie es mit mir hat? Viel Spaß.” Sie knallt die Tür zu und dreht die Musik wieder auf. Die Schallwelle wirft mich fast die Treppe runter.

“Du weinst ja”, stellt Greta fest, die gerade aus der Küche kommt. “Du bleibst jetzt erst mal hier und wir trinken zusammen einen Kaffee.”

Schniefend lasse ich mich in die Küche führen. “Sie hat sich so verändert.”

“Wem sagst du das?” Greta schenkt Kaffee ein und schiebt mir Milch und Zucker rüber. “Ich erkenne mein eigenes Kind nicht mehr. So schlimm habe ich mir das nicht vorgestellt. Wie ist denn das bei dir? Merkst du etwas von der Pubertät?”

Ich wische mir die Tränen von der Backe. “Ich werde öfter mal rot, kriege Herzklopfen, rede noch mehr Unsinn als vorher und versuche verzweifelt, mich zu verlieben.”

“Klingt traumhaft! Nina ist schlampig, frech und völlig rücksichtslos geworden. Gestern nannte sie mich eine alte Kuh, als ich ihr gesagt habe, sie soll ihren Saustall aufräumen.”

“Ich würde Mummy nie eine alte Kuh nennen, weil sie mich dann sofort zum Neurologen schleppen würde, um untersuchen zu lassen, welche entsetzliche Gehirnerkrankung zu dieser Entgleisung geführt hat.”

Ich hab’s geschafft: Greta muss lachen.

“Ja, deine Familie ist schon etwas ganz Besonderes. Was würde dein Vater wohl machen, wenn er eine Tochter wie Nina hätte?”

to be grounded
Hausarrest haben

Greta ist alleinerziehend und holt sich öfter mal Rat von Dad, meist auf dem Umweg über mich.

"Erst würde er die Sicherung rausdrehen, damit der Krach aufhört. Dann würde er beladen mit Eimer, Putzlappen und einer großen Mülltüte hoch gehen und in aller Seelenruhe ankündigen: 'Nina, if your room doesn't look clean and tidy in two hours, you'**re grounded** for two weeks and Enzo won't be allowed to come and see you during that time. You'd better start cleaning.'"

Greta nickt. "Ja, so sollte ich es auch machen. Aber was, wenn sie dann nicht gehorcht oder sich nicht an den Stubenarrest hält? Ich hasse es, autoritär sein zu müssen."

Ich schlürfe den heißen Kaffee. "Hoffentlich wird sie bald wieder normal. Ich will meine beste Freundin zurück."

"Und ich meine süße Tochter. Tja, da müssen wir wohl durch. Zum Glück hast du ja deine Kusine. Ich weiß noch, wie Nina sich aufgeführt hat, als sie erfuhr, dass Lissy für ein Jahr zu euch kommt. Sie war eifersüchtig und hatte panische Angst, dass du nicht mehr genug Zeit für sie haben könntest. Und jetzt ist sie es, die eure Freundschaft aufs Spiel setzt."

"Wir hatten so viel Spaß mit Dummi", erinnere ich mich an unsere letzte gemeinsame Aktion. Die alte Frau Sellmann, die über dem *Gelatissimo* wohnt, hatte sich die Hüfte geprellt und konnte deswegen nicht mit ihrem Hund raus. Nina und ich sind drei Wochen lang jeden Tag mit Dummi Gassi gegangen.

Wir hatten viel zu lachen. Ich hätte nie gedacht, dass es jemals anders sein könnte.
Bevor mir wieder die Tränen kommen, trinke ich aus, gebe Greta einen Abschiedskuss und mache mich auf den Heimweg. Wütend und enttäuscht zugleich trete ich platschend in alle Pfützen und tröste mich, so gut es geht, mit einem der vielen Sprüche, die Dad gern zitiert: "*El que se enamora no la nota, pero al poco tiempo se vuelve idiota*." Das ist Spanisch und heißt: "Wer sich verliebt, merkt nicht, wie er sich in kurzer Zeit zum Idioten entwickelt." Der Spruch ist wie für Nina gemacht.

THE BURIAL of a Shoebox

Als ich heimkomme und eigentlich nichts weiter will, als mich schmollend in mein Zimmer zurückzuziehen, erwartet mich eine Überraschung: Verena ist gekommen. Sie hockt neben Benny auf dem Boden und spielt mit ihm und Lissy mit der Holzeisenbahn.

Nach dem Streit mit Nina freue ich mich über Verena und will sie gerade begrüßen, als Lissy aufspringt, mich schnell zur Seite nimmt und mir zuflüstert: "She's come to see the baby guinea pigs. Kevin and I spent the last half hour **keeping** her **busy** so she wouldn't go into our room. You've got to think of something quickly."

Die einzige Idee, die ich habe, ist, Verena die Wahrheit zu sagen. Ich überlege gerade, wie ich ihr schonend beibringe, dass ich die Meerschweinchenbabies nur erfunden habe, um mit Kim ins Gespräch zu kommen, da hat Verena mich schon entdeckt und bestürmt mich, bevor ich überhaupt den Mund öffnen kann.

"Stell dir vor, meine Mutter hat mir erlaubt, dass ich zwei Meerschweinchen haben darf", jubelt sie. "Ich will mir sofort welche aussuchen, bevor mir jemand die niedlichsten wegschnappt. Ich darf doch zwei von deinen haben, ja? Oder hast du sie schon jemandem versprochen?"

Ich bringe es nicht übers Herz, sie zu enttäuschen. "Die sind alle noch zu haben."

burial Beerdigung
shoebox Schuhkarton
to keep sb busy jdn beschäftigen

Hinter Verena steht Lissy und macht verzweifelte Handzeichen.
“Aber heute kann ich sie dir nicht zeigen”, fahre ich fort. “Wie ich dir schon gesagt habe, brauchen sie im Moment ihre Ruhe, sonst entwickeln sie sich nicht richtig. Ich gebe dir Bescheid, wenn du sie anschauen kannst.”
“Och”, meint sie. “Ich will nur mal einen Blick in den Käfig werfen und James und Anna sehen.”
Mummy, die bis jetzt still und konzentriert in ihrer Arbeitsecke am PC gesessen hat, schaut auf und hebt eine Augenbraue.
“Eigentlich heißen sie Spitfire und Greased Lightning”, sage ich schnell.
“Wieso hat Frauke dann erzählt, dass sie James und Anna heißen?”
“Das sind nur ihre Spitznamen.”
Ich lasse Verena widerstrebend in mein Zimmer und kann sie nur mit Mühe davon abhalten, das Schlafhaus anzuheben, um das Nest mit den Kleinen zu sehen.
“Hier, nimm.” Ich drücke ihr zwei Bücher in die Hand, damit sie endlich die Finger vom Käfig lässt. “Das sind Ratgeber über die richtige Haltung von Meerschweinchen. Die musst du genau studieren, damit die Kleinen es nachher gut bei dir haben.”
“Super, danke.” Verena küsst mich auf die Backe. Ich mag sie. Es tut gut, jemanden zu mögen, nachdem Nina so ein großes Loch in meinem Herzen hinterlassen hat. Trotzdem bin ich erleichtert, als sie endlich geht.
“Du siehst ziemlich gestresst und durchgefroren aus”, stellt Mummy fest. “Nimm ein warmes Bad. Das ist

to bury begraben
lie Lüge
to confess beichten
impossible unmöglich
to let sb down jdn enttäuschen
thick *hier:* schwer von Begriff

gut für die Nerven und beugt Erkältungen vor."

Ich gebe ihr ausnahmsweise recht und gönne mir ein langes Schaumbad. Danach sind meine Finger schrumpelig, aber mein Geist ist klar wie ein See in der Morgensonne und ich weiß, dass nur eine Familienkonferenz mir jetzt helfen kann.

Ich warte bis Dad heimkommt, dann versammle ich alle im Wohnzimmer und schildere mein Problem.

"There's only one way", meint Dad. "You have to **bury** the **lie** and **confess** the truth. The longer you wait the more embarrassing the situation will become."

Ich winde mich bei dem Gedanken daran. "No, Dad, that's absolutely, completely **impossible**. I can't **let** Verena **down**."

"I've got a much better idea", sagt Kevin, der Benny auf seinen Knien Hoppereiter machen lässt. "Instead of burying the lie you could bury the guinea pigs."

"What? Bury Spitfire and Greased Lightning? You're crazy. How's that supposed to help?"

"No, I meant you could bury the babies."

"But there aren't any babies."

"Exactly. You're so **thick** sometimes. You tell Verena that the babies died and invite her to the funeral. I'll film it. It's going to be my best film ever. *Burial of an Empty Shoebox.* Very surreal. I love it."

"I hate it", sage ich entschieden. "Mir kommen ja schon die Tränen, wenn ich nur daran denke. Die armen kleinen Meerschweinchen. Das ist so traurig."

"No", meldet sich Dad wieder zu Wort. "It's not sad at all, because there aren't any guinea pigs in the box. Kevin is right, it solves the problem in a very elegant way."
"It *is* sad", beharre ich, "because Verena will think there are babies in the box. I don't want her to cry over nothing. That's very, very mean." Bevor ich mich zu so einer fiesen Aktion hinreißen lasse, rücke ich doch lieber mit der Wahrheit heraus.
Lissy hat eine andere Idee. "You could go and buy two little guinea pigs for Verena at the **pet shop**."
Daran habe ich auch schon gedacht, aber irgendwie finde ich es unpraktisch. "If I have to spend money, it would be better to let Verena choose guinea pigs she likes."
"Maybe you don't have to spend any money", sagt Mummy. "Lots of people have baby guinea pigs **to give away**."
Das gefällt mir schon besser, auch wenn es immer noch einen Haken gibt. "Then I'd have to pay for a newspaper **advert**."
"**Not necessarily**. The easiest way to find out who's giving away baby guinea pigs is to call the vet and the animal shelter."
"Brilliant. Thanks, Mummy. That's what I'm going to do." Ich springe auf, um die Telefonnummern rauszusuchen.
Kevin hält mich am Hosenbein fest. "He, könnten wir nicht trotzdem eine leere Schuhschachtel beerdigen? Ich schreib dir ein Drehbuch mit einer bewegenden Grabrede."

pet shop Zoogeschäft
to give away zu verschenken
advert Anzeige
Not necessarily. Nicht unbedingt.

GIVE IT ALL You've Got!

Vor der nächsten Theaterprobe stürze ich mich mit der gleichen Begeisterung auf Verena wie sie sich neulich bei mir daheim auf mich gestürzt hat, denn ich habe tolle Neuigkeiten.

Give it all you've got! Gib alles, was du kannst!

"Es ist so weit, übermorgen kannst du die Kleinen abholen."

Sie umarmt mich stürmisch. "Su-hu-hu-pi."

Meine Anrufaktion war nämlich ein voller Erfolg. Im Tierheim sind sie geradezu froh und dankbar, wenn jemand Meerschweinchen will. Genau wie Hamster und andere Kleinnager sind sie ganz schwer zu vermitteln, weil es davon die reinste Schwemme gibt.

"Du hast echt einen Narren an Verena gefesselt", raunt Lissy mir zu. "Isn't that right?"

"Das heißt: einen Narren gefressen, nicht gefesselt. But you're right, I like her a lot." Im Moment habe ich zwar Lissy, aber die wird in zehn Monaten nach England zurückkehren, und wenn Nina bis dahin nicht wieder normal geworden ist, brauche ich eine neue beste Freundin.

Auf Janices T-Shirt steht heute: "Don't ask."

"Don't ask what?", muss ich einfach fragen.

Sie grinst mich an. "Exactly that."

Verena ruft allen Anwesenden die frohe Botschaft zu: "Ich werde Mama!"

"**Congratulations**", freut sich Janice. "Did your cat have **kittens**?"
"No, guinea pigs."
Robin, der breitbeinig am Bühnenrand hockt, meint: "A **miracle**! Her cat had guinea pigs."
"Rubbish", sagt Kim, bei dessen Anblick ich unweigerlich Herzklopfen bekomme. "She's talking about Diana, Hazel and Clara."
"What? The stuffed dogs?", fragt Bela dazwischen.
"Quiet, please", ruft Janice in das Durcheinander. "Everybody's here, so let's start. Please stand in a line at the front of the stage."
Der Erste außen rechts soll *No* flüstern. Der Nächste wiederholt es etwas lauter, der dritte noch lauter, und so weiter, bis der Letzte außen links das *No* aus voller Kehle brüllt. Danach wird die Reihe neu gemischt und die Übung geht von vorne los. Beim dritten Durchgang steht Lissy außen links. Obwohl sie normalerweise in der Öffentlichkeit nie lauter wird als ein Grillenzirpen, wirkt das Anschwellen des "No" auf sie so befreiend, dass sie tatsächlich aus voller Kehle schreit.

Congratulations! Herzlichen Glückwunsch!
kitten Katzenkind
miracle Wunder

"And now, we'll do the same exercise", sagt Janice, "but we'll use the word *yes*."
Ich stehe rechts außen und muss anfangen. Aber anstelle ein kaum hörbares *Yes* zu hauchen, rufe ich gellend: "No!", denn Kevin kommt gerade ohne Vorwarnung zur Tür hereinspaziert und richtet sofort seine Kamera auf mich. "Filmen verboten!"
Janice dreht sich um. "Oh, hi, Kevin. Have you come to join my drama group?"

"No, but I'd like to film the rehearsal."
"I'm afraid that's impossible", sagt Janice.
Ein Glück!
"But you could film the dress rehearsal in December."
Shit!
"And the premiere, of course."
Help!!!
Kevin filmt noch schnell mein entsetztes Gesicht, dann macht er sich aus dem Staub.
Ob ich ihn im Tierheim zurücklassen kann, wenn ich morgen die Meerschweinchen hole? *Nerviger Bruder, reinrassig, umständehalber abzugeben.*
"All right." Janice wendet sich wieder ihrer Schauspieltruppe zu. "Off we go. I want to hear your *Yes*. Give it all you've got!"
Schon nach dem ersten Durchgang können wir nicht mehr. Es klingt einfach total nach einem Orgasmus, wie wir nacheinander immer lauter 'Yes' rufen. Am Ende sind wir sind vor Lachen völlig kraftlos.
Aber jetzt wird's ernst. Janice weist mir meine Square-one-Position im Bühnenhintergrund zu, von wo aus ich als Heather auftreten soll, sobald mein Stichwort fällt. Aufgeregt tripple ich von einem Fuß auf den anderen.
"Hey, Janice, if Paula's allowed to **tap-dance**, then I want to dance, too", fällt Bela Verena ins Wort, die bereits angefangen hat, ihren Text aufzusagen.

to tap-dance
steppen

"Shut up, you idiot", fährt ihm Frauke über den Mund.
"Doofe Tussi", murmelt Bela.
Wir fangen noch mal von vorn an. Ich beherrsche mich und stehe still.

Fünf Minuten später bin ich dran. Ich gehe nach vorn, wo Kim sitzt und mich erwartungsvoll anstarrt. Wie durch ein Wunder erreiche ich ihn, ohne zu stolpern oder zu sabbern.

"Hi", sage ich und grinse aus lauter Verlegenheit.

"I'm sorry but I'm waiting for someone", sagt Kim.

"I bet you're waiting for a really beautiful lady."

"Don't shout your line", weist Janice mich an.

"I bet you're waiting for a really beautiful lady", wiederhole ich leiser, aber es klingt in meinen Ohren immer noch sehr unnatürlich. Vielleicht sollte ich nicht jedes Wort einzeln betonen und nicht so weltumarmende Gesten mit den Händen machen. Komisch, dass ich es schaffe, im Alltag ganz normal zu agieren. Im Moment kommt es mir vor wie das Schwierigste auf der Welt, einen simplen Satz zu sagen und das auch noch mit einer aufrechten Körperhaltung zu koordinieren.

"God, she's got no talent at all", stellt Frauke fest.

"Nobody asked you", fauche ich sie an.

Janice klatscht in die Hände. "No **quarrelling**. Start again with *Hi*."

Also noch mal das Ganze.

Als Kim zwei Sätze später in hochgradig arrogantem Tonfall sagt: "Do me a favour and find somewhere else to sit", raste ich aus.

"How **dare** you talk to me like this! I can sit **wherever** I want." Ich lasse mich demonstrativ auf den Stuhl ihm gegenüber plumpsen.

to quarrel sich zanken
to dare wagen
wherever wo auch immer

dressing room
Garderobe

Bela beschwert sich sofort: "First she's dancing, and now she's improvising. I can't work like this. You'll find me in my **dressing room**." Wie ein beleidigter Hollywoodstar rauscht er ab.

Janice lacht. "Nice performance, Bela. Now, come back, please. Paula, try to stick to your lines."

Irgendwie schaffe ich beim nächsten Durchgang die Hürde. Als ich dann Robin gegenübersitze, bin ich gleich viel entspannter, wenn auch nicht besser auf Draht. Anders gesagt: Ich habe meinen Text vergessen.

"Sorry", sage ich und krame in meiner Schultertasche, bis ich die Zettel gefunden habe. "Oh, I'm afraid I can't read it." Beim Auswendiglernen habe ich alles mit Blümchen bemalt, erst um den Text herum, dann zwischen den Zeilen und zuletzt auch über der Schrift.

Robin leiht mir seine Kopie und ich bringe die Szene einigermaßen akzeptabel hinter mich.

Richtig gut wird es erst am Schluss, als wir Hand in Hand hinter die Bühne gehen. Ob Robin romantisch ist? Wie finde ich das heraus? Soll ich mal wieder improvisieren und ihn küssen?

"I said back to square one", ruft Janice, womöglich schon zum x-ten Mal. "Paula, are you dreaming?"

Ich entlasse Robins Hand aus meiner Umklammerung.

"Danke", sagt er grinsend. "Ich habe schon taube Finger."

A FURRY SURPRISE

Dad senkt verwundert die *Times*, als ich am Samstag schon um 8 Uhr am Frühstückstisch erscheine, mein absoluter Rekord im Freiwilligfrühaufstehen.

"Der frühe Vogel fängt den Wurm", sage ich. "That's German, and it means 'The early bird catches the worm'."

Dad lacht, denn er spricht natürlich fließend deutsch, aber er weiß, dass ich mich gern über seinen Hang zum Zitieren lustig mache.

"So what is it you're going to catch today?"

"Two baby guinea pigs."

"Ah, right. That's going to be fun."

Alle strahlen mich an, und mir schwant so langsam, dass aus der Aktion ein Familienausflug wird. Kevin will die Meerschweinchenübergabe feierlich filmen. Mummy hat für jeden von uns einen Mundschutz bereit. "Man kann sich ja dort die schrecklichsten Seuchen einfangen."

Ich seufze nur ganz leise, denn an solche Peinlichkeiten bin ich gewöhnt, und frühstücke erst mal in Ruhe fertig. Danach bereite ich den Transportkäfig vor. Lissy und Benny pflücken im Garten Löwenzahn und Klee, während ich eine dicke Schicht Heu in den Käfig gebe.

Schließlich sind wir alle startklar und steigen in den Minivan. Das Tierheim ist nur zwei Kilometer entfernt. Ich hätte auch hinradeln können, aber ich will den Meerschweinchen keine Ruckelei zumuten.

“So, Mundschutz befestigen und nicht zu tief atmen”, befiehlt Mummy in einem Tonfall, als wären wir drauf und dran, eine Bank zu überfallen.
“Uhrenvergleich”, sage ich. “Position des Fluchtautos merken.”
Mummy kichert, besteht aber trotzdem darauf, dass ich das alberne Teil trage. Wenn es wenigstens ein neutraler, weißer Mundschutz wäre. Aber nein, er muss mit Schmetterlingen und Bienen bedruckt sein! Mummy hat sich diese Dinger extra aus England bestellt, damit die Kinder keine Angst vor ihr haben. Als Ärztin ist sie sicher sehr nett und einfühlsam, aber auf den Gefühlen ihrer einzigen Tochter trampelt sie rücksichtslos herum. Wenn mich jetzt jemand sieht, der mich kennt, bin ich die Spottfigur schlechthin.
Ich tarne mich, indem ich Kevin seine Baseballkappe wegnehme und sie mir aufsetze. Er ist so damit beschäftigt, eine Naheinstellung von Lissy zu drehen, die sich die Ohren zuhält, dass er es gar nicht merkt.
Lissy ist sehr geräuschempfindlich, und hier ist es im wahrsten Sinne des Wortes tierisch laut. Hundegebell hallt ringsum von den Betonwänden wider.
“Gehörschutz wäre echt besser gewesen”, sage ich und zupfe an meinem Mundschutz herum.
“Was du nicht sagst.” Mummy holt grinsend zwei knallgelbe Ohrstöpsel aus ihrer Handtasche und gibt sie Lissy, die sie sofort dankbar in die Gehörgänge stopft.
Die Familienexpedition zieht los, vorbei an Hundezwingern und Katzenzimmern bis zur Abteilung Kleintiere. Dort zeigt uns eine Frau, die passenderweise

Hasenzähne hat, den Käfig mit den Meerschweinchen, darunter fünf Minis. Zwei davon sehen Spitfire und Greased Lightning ähnlich wie aus dem Gesicht geschnitten. Eigentlich müsste es in diesem Fall heißen: wie aus dem Fell geschnitten.

"Die da!"

Die zwei Kerlchen werden in den Transportkäfig gehoben, Mummy füllt ein Formular aus und wir gehen. Als wir gerade aus der Tür raus sind, kommt mir eine Überraschung entgegen, mit vier Beinen, Schlappohren und wuscheligem Fell. Es ist Dummi, der Pudel-Puli-Mischling von Frau Sellmann, mit dem Nina und ich eine Zeitlang Gassi gegangen sind.

"Dummi, was machst du denn im Tierheim?"

Der Junge, der Dummi an der Leine führt, sagt: "Du kennst ihn? Sein Frauchen ist im Krankenhaus. Gallenkolik. Der Notarzt hat das Tierheim angerufen, damit sie Dummi vorübergehend aufnehmen. Ich bin übrigens Stephan mit Ph."

Ich reiße mir den Mundschutz runter und die Kappe vom Kopf. "Paula mit P."

Stephan mit Ph, der etwa in Kevins Alter sein dürfte, kann Dummi kaum halten, der mir unbedingt das Gesicht abschlecken will.

Ich knie mich hin und genieße die schlabberige Zunge auf meiner Backe. "Guter Dummi."

"Guda Dummi", ruft Benny. Lissy stellt ihn auf den Boden, damit er den Hund streicheln kann. "Bava Dummi."

"Ich muss ihn jetzt wieder reinbringen und den nächsten holen", sagt Stephan. "Ich bin ehrenamt-

licher Gassigeher. Wenn du magst, kannst du am Montag kommen, wenn ich wieder mit Dummi unterwegs bin, dann gehen wir zusammen. So gegen drei. Passt das?"
Und wie mir das passt. "Gern. Bis dann."
Ich steige in den Minivan, Benny klettert hinterher, Kevin filmt Stephans Kehrseite.
"Abgang des romantischen Helden", sagt er, und es ist nur meiner guten Erziehung zu verdanken, dass ich ihn nicht mit dem Mundschutz erwürge.
"Was sollte der Quatsch eben mit romantischem Held?", herrsche ich ihn an, kaum dass wir losgefahren sind. "Das hat er garantiert noch gehört."
"Du hast ja sein Gesicht gar nicht gesehen, weil du so damit beschäftigt warst, dich von Dummi abschlecken zu lassen", sagt Kevin breit grinsend. "Stephan hat dich angestarrt wie das achte Weltwunder."
Ich betaste meinen Mund. Womöglich hat er mich nur angestarrt, weil ich irgendwie verschmiert bin.
"Und dann", sagt Kevin, der die Situation mehr und mehr genießt, "ist er knallrot geworden. Als du gesagt hast, dass du gern mit ihm Gassi gehen möchtest, hat er gestrahlt wie ein Weihnachtsbaum."
"Und warum hatte er es plötzlich so eilig wegzukommen?"
"Wahrscheinlich wollte er dich nicht merken lassen, dass er auf dich steht. Also für mich war das ganz sonnenklar Liebe auf den ersten Blick. Und ich habe alles hier drin." Er tätschelt liebevoll die Kamera. "Wenn du mich ganz lieb bittest, lasse ich es dich vielleicht sogar anschauen."

Bitten werde ich nicht, eher drohen. Doch ich komme nicht dazu, denn vor unserer Haustür warten Verena und ihre Mutter und winken uns zu, als wir um die Ecke biegen. Sie sind einen Tag zu früh dran!
“Und jetzt?”, frage ich.
“Let me deal with this”, sagt Dad und mir wird angst und bange, weil ich weiß, wie wahrheitsliebend er ist. Schnell kämpfe ich mich an Benny vorbei aus dem Wagen.
“Wolltet ihr die Meerschweinchen gerade zu uns bringen?”, fragt Verena, als sie den Käfig in Mummys Händen sieht.
“Äh”, sage ich geistesgegenwärtig und hänge noch ein schlagfertiges “Öh” dran.
Lissy hat die rettende Idee. “We went to see the vet.”
“Genau”, falle ich begeistert ein. “Wir wollten sicher sein, dass Diana und Hazel kerngesund sind, bevor du sie bekommst. Hier.” Ich nehme Mummy den Käfig ab und stelle ihn auf Verenas ausgestreckte Unterarme. “Du kannst sie gleich mitnehmen.”
“Weißt du was”, meint sie, “fahr doch mit uns mit, dann kannst du den Transportkäfig hinterher wieder mitnehmen. Ich will dir unbedingt zeigen, was für einen tollen Käfig ich für die beiden hergerichtet habe. Übrigens: Wo ist eigentlich das dritte Baby? Clara. Ist sie gestorben?”
“Nein, nein”, sage ich schnell. “Ich hatte mich verzählt. Es waren nur zwei. Bei dem Gewusel im Nest kann das leicht passieren.” Klingt ein bisschen dünn, aber Verena ist so begeistert von Diana und Hazel, dass sie nicht weiter nachhakt.

Ich fahre mit ihr und ihrer Mutter heim und bewundere ausgiebig den wirklich gigantischen Käfig, den sie wie einen Abenteuerspielplatz hergerichtet hat. Verenas Zimmer gleicht meinem: überall Poster von Boygroups und eine riesige CD-Sammlung. Wir beobachten Diana und Hazel, die sich schnell in ihr neues Zuhause einleben, quatschen vergnügt und merken gar nicht, wie die Zeit vergeht.
“Mittagessen”, ruft Verenas Mutter. “Paula, du kannst gerne mitessen. Es gibt Gulasch mit Kartoffelknödeln.”
Mir laufen zehntausend Liter Wasser im Mund zusammen. Wenn's bei uns daheim Gulasch gibt, dann nur als mikroskopisch kleine Beilage zu riesigen Gemüsebergen.
Verenas Mutter fragt mir Löcher in den Bauch. Ob Verena ihre Rolle gut spielt und wie die anderen so sind. Sie meint, sie wird vor der Premiere aufgeregter sein als unsere Lehrerin und ihre ganze Truppe zusammen.
Alles ist so weit prima, ich amüsiere mich prächtig. Aber als wir an der Tür sind und Verena mich verabschiedet, sagt sie etwas, das mir noch den ganzen Heimweg schwer zu schaffen macht. “Sag es niemandem weiter, aber ich stehe total auf Kim. Meinst du ich hab eine Chance bei ihm?”
“Keine Ahnung”, sage ich und frage mich dabei verzweifelt, wie ich Lissy jetzt noch guten Gewissens mit ihm verkuppeln kann.

THE ODD ONE OUT

"You absolutely have to come with me. You have to! After all, you're my lifestyle coach." Seit einer halben Stunde beknie ich Lissy, dass sie mich zum Tierheim begleitet. Nicht, dass ich ein Problem damit hätte, allein mit Stephan und Dummi spazieren zu gehen. Ne, wirklich nicht. Ich habe nur schrecklich Bammel, dass:

1. er mich anbaggern könnte
2. er mich nicht anbaggern könnte
3. ich ihn toll finde
4. ich ihn langweilig finde.

Wenn Lissy mitkommt, wird die Situation viel entspannter sein. Außerdem brauche ich jemanden, der Stephans Reaktionen beobachtet und die richtigen Schlüsse daraus zieht, denn Kevin hat seine Filmaufnahme vom Samstag immer noch nicht rausgerückt.

"I'll feel like the odd one out", sagt Lissy. "I'll just be in the way."

"Fresh air will do you good."

"You sound like your mum."

"No, Mum would say that fresh air was a **health hazard** and she'd make me put on an anorak and gloves.'"

"Then you sound like *my* mum. Anyway, why don't you ask Verena to go with you?"

"Because I love you lots, and Verena is just a friend."

the odd one out das fünfte Rad am Wagen
health hazard Gesundheitsrisiko

"Du weißt, wie man jemandem Honig ins Maul schmiert."
"Ums Maul", korrigiere ich. "Mit den deutschen Redensarten stehst du noch auf ..."
"... Kriechfuß, I know", unterbricht sie mich.
"Kriegsfuß."
Wir kichern und Lissy ist endlich bereit mitzukommen. Ich nehme mein Fahrrad, Lissy das von Kevin. So sind wir in fünf Minuten dort. Stephan und Dummi warten schon am Eingang auf uns.
"Hey, you two", rufe ich ihnen entgegen. "This is my cousin Lissy from England. She speaks German, but we prefer to talk in English."
"That's fine with me", sagt Stephan und lächelt Lissy an. So war das nun auch wieder nicht geplant. Ich bin ja wirklich zu dämlich! Weil Lissy so unsicher ist, vergesse ich manchmal völlig, wie hübsch sie ist und wie unscheinbar ich im Vergleich zu ihr bin.
Dummi zieht kräftig an der Leine. Bis ich die Fahrradschlösser abgeschlossen habe, sind Stephan und Lissy schon ein gutes Stück den Weg in Richtung Stadtwald gegangen. Ich wetze hinterher. Als ich sie erreiche, sind sie in ein lebhaftes Gespräch vertieft. Lissy erzählt von den Reisen ihrer Eltern, Stephan von seinen Berufsplänen. Er macht nächstes Jahr seinen Realschulabschluss und will Mediengestalter werden.
Ich komme mir so vor, wie Lissy es für sich selbst befürchtet hat: als fünftes Rad am Wagen. Immerhin habe ich jetzt eine gute Gelegenheit, mir den 'romantischen Helden' in aller Ruhe anzusehen. Er hat haufenweise innere Werte: eine warme Stimme, ein net-

tes Lachen, einen Stecker im linken Ohrläppchen und ein gutes Gespür für Hunde. Dummi gehorcht ihm aufs Wort. Bei Nina und mir hat er sich immer taub gestellt.

Der Stadtwald ist ein Naherholungsgebiet mit einem Trimm-dich-Pfad, einem Grillplatz und einem riesigen Abenteuerspielplatz auf einer Waldlichtung. Kevin, seine Freunde, Nina und ich haben uns hier als Kinder ausgetobt, Lager gebaut, Banden gebildet und wilde Stockkämpfe mit abgebrochenen Ästen ausgetragen – alles von Kevin in zahlreichen Zeichnungen und Tagebucheinträgen festgehalten.

fascinating
faszinierend

Lissy erzählt Kim jetzt von unserer Drama Group. "**Fascinating**", sagt er. "It must be wonderful to be good at acting. I've never tried it. What's it like? Do you giggle a lot?"

Die Antwort bleibt Lissy ihm schuldig, denn mit einem Mal verwandelt sie sich in ihr schüchternes Selbst zurück. Der Grund dafür kommt uns entgegen und heißt Kim. Der unvermeidliche Alex ist auch dabei. Sie tragen Plastiktüten, in denen es klirrt. Leere Bierflaschen, vermute ich, und finde Kim plötzlich nicht mehr ganz so süß.

"Huhu", ruft er uns zu.

Lissy bleibt stehen und starrt Löcher in den Waldboden.

"He, Paula", sagt Kim. "Ich hoffe, du bist inzwischen darüber hinweg, dass ich dich im Bistro so schnöde habe abblitzen lassen."

Erst schaue ich einfach nur dumm, bis ich schnalle,

dass er sich auf unsere Theaterprobe bezieht. “Ne, da bin ich noch lange nicht drüber weg. Das hat mich so fertig gemacht, dass ich ins Tierheim gegangen bin, um mir einen neuen Freund zu suchen.”
Noch während ich es sage, ist es mir vor Stephan so peinlich, dass ich beschließe, zu Nina zu gehen und sie zu bitten, mich unter ihrem Müllberg zu begraben, für immer und ewig.
Lissy deutet auf Dummi, der schwanzwedelnd die Tüten und Hosenbeine beschnuppert. “Ja, Paula ist total auf den Hund gekommen.”
Nicht nur, dass sie das Sprichwort diesmal fehlerfrei zitiert hat, sie hat mich gerettet, denn alle lachen und ich lache mit.
Kim winkt noch einmal, dann trotten er und Alex davon und machen dabei Beatbox-Geräusche.
“Wieso hat er dich abblitzen lassen?”, fragt Stephan und wird rot. Rotwerden gehört bei mir zu den inneren Werten, vor allem bei Jungs, weil die meisten lieber einen auf cool machen, um nicht zu sagen: unterkühlt.
“Das ist nur die Handlung von unserem Theaterstück.”
“Ach so. Ich dachte schon, du stehst auf solche Boygroup-Typen.”
Wer nicht?, will ich fragen, verkneife es mir aber.
Am Ende des Rundwegs stehen wir wieder vor dem Tierheim.
“Same time next week?”, fragt Stephan. Er hat uns unterwegs erzählt, dass er immer am Montag, Mittwoch und Freitag und manchmal auch am Wochenende Hunde ausführt. Leider können Lissy und ich

mittwochs nicht, weil wir da nachmittags Schule haben, und freitags ist Theaterprobe. Also bleiben nur die Montage.
"That would be lovely", freut sich Lissy.
Mein "Aber klar doch" klingt im Vergleich dazu viel zu kumpelhaft.
"I can't believe how confident you were", sage ich zu Lissy, als wir daheim unsere Fahrräder in den Keller tragen.
"I can't believe it myself. I think all this acting is beginning to change me."
"You and Stephan **were getting on like a house on fire**."
"That's true, but I really think he's more interested in you. And, after all", sie senkt den Blick, "my heart still **belongs to** you-know-who. I wish we had more than one rehearsal a week, so I could see him more often."

to get on like a house on fire sich blendend verstehen
to belong to sb jdm gehören

Genau das denkt Verena wahrscheinlich auch, und ich sowieso. Eigentlich seltsam, dass Kim nicht fünf Mädchen an jedem Finger hat.
Plötzlich kommt mir ein erschreckender Gedanke: Sind er und Alex womöglich schwul? Dann wären Lissy, Verena und ich alle gleichermaßen chancenlos bei ihm. Ich nehme mir vor, Kim und Alex von jetzt an ganz genau zu beobachten.

MY POSH ACCENT

Die vierte Probe ist unheimlich anstrengend, weil Janice uns den ersten und zweiten Akt immer wieder durchspielen lässt, bis alles reibungslos sitzt. Ich bin am Ende viel zu erschöpft, um noch irgendwelche Feinheiten in meine Betonung zu legen.

“That was great, Paula”, sagt Janice, als ich müde meinen Text heruntergeleiert habe. “You finally sound natural.”

Ist das der ganze Trick? Einfach nicht so viel fuchteln und schreien? Warum sagt mir das denn keiner?

“Now let’s read the third act.” Janice verteilt die nächsten Blätter. “There are three new roles in this one: a policeman and a middle-aged **couple**, Mr and Mrs Down. Let’s try it with Kim and Lissy as the couple and Robin as the policeman.”

“What about me?”, fragt Frauke.

“You’ll be in all the **following** acts as Kate Plims again.”

“So I can go home now, or what?”

“You could read the stage directions.”

Frauke steht auf. “Paula can do that. Her and her posh English accent”, fügt sie spitz hinzu und rauscht davon.

“Blöde Kuh.” Robin zwinkert mir zu. “Her and her terrible **make-up**.”

posh vornehm
couple Paar
following folgend
make-up Schminke

Act III

Daniel is still sitting at table 3. All the other tables are empty.

Sally and Bob are talking over the counter.

Sally: That poor man. He almost **burst into tears** when he saw the photo of his wife and kid.

Bob: Maybe one of them has died.

Sally: He talked about them as if they were still alive. There must be a different reason. God, I hate seeing someone suffer like that.

Bob: He might not be suffering at all. He might be **pretending**. He could be a **burglar**, checking out the **jeweller's shop** on the other side of the street.

Sally: You read too many **detective stories**.

Bob: (**chuckles**) He also could be a camomile tea **addict**.

Sally: That's not funny, Bob. He's obviously very sad, and I wish he'd tell me about his problem so I could try to help him.

Daniel gets up and goes through the door **marked** "Toilets".

The bistro door opens. Mr and Mrs Down enter. They are elegantly dressed. Mr Down is carrying a huge black umbrella.

Mrs Down: (in a posh voice) Mon Dieu! What a **shabby** place.

to burst (burst, burst) into tears in Tränen ausbrechen

to pretend so tun als ob

burglar Einbrecher(in)

jeweller's shop Juwelierladen

detective story Krimi

to chuckle in sich hineinlachen

addict Süchtige(r)

marked mit der Aufschrift

shabby schäbig

Mr Down: Well, it's somewhere to sit while we wait for them to mend the car. *(to Sally)* Our Bentley won't start. Such a beautiful car, but very **unreliable**.

They sit down at table 1. Mr Down **leans** *the umbrella carefully against the table.*

Mrs Down looks at the table **in disgust***, lifts the* **lid** *of the sugar bowl, turns the salt around and finally looks at the menu.*

Mrs Down: Can't we go somewhere else?

Mr Down: The only alternative is Pizza Hut.

Mrs Down: (reads the menu) No **champagne**. Not even **caviare**.

Sally comes to take their order.

Sally: I'm afraid we don't have any caviare. Today's **specials** are chicken soup, Irish stew, tuna sandwiches and cheese rolls. We've also got **home-made** apple pie.

Mrs Down: I'll just have a glass of mineral water. A clean glass, if that's not asking too much.

Lissy macht ihre Sache hervorragend. Sie liest auf Anhieb so gekonnt, dass es einen kleinen Zwischenapplaus gibt. Gut, dass Frauke gegangen ist. Sie wäre vor Eifersucht geplatzt.

Sally: (with ***forced politeness****)* All our glasses are clean.

unreliable unzuverlässig
to lean lehnen
in disgust angeekelt
lid Deckel
champagne Sekt
caviare Kaviar
special *hier:* Tagesgericht
home-made hausgemacht
forced angestrengt
politeness Höflichkeit

Mr Down: And I'll have a cup of tea. Earl Grey.

Sally: Thank you.

Sally goes to the counter. Bob makes tea and pours mineral water into a glass.

Mrs Down and Mr Down talk in **stage whispers**. They don't sound posh any more.

Mrs Down: The Bentley was your stupid idea. I told you it would only cause trouble. What if we don't **get away** before they notice something's missing?

Mr Down: They'll never look for us here. We're safe, so relax.

Mrs Down: We should have left the umbrella in the car.

Mr Down: **Right** in front of the shop? No, that's too **risky**.

Mrs Down: Quiet, she's coming back.

Sally brings the glass of water and the cup of tea. She almost trips over the umbrella. Mr Down quickly grabs it before it falls to the floor.

stage whisper lautes Geflüster auf der Bühne
to get away entkommen
right direkt
risky riskant
siren Sirene
shit Scheiße

Mr Down: Ah, there's nothing like a cup of tea after a long day's shopping.

Daniel comes back through the door marked Toilets *and sits down at his table again.*

Sally returns to the counter. Suddenly, a police **siren** is heard in the distance. The sound is getting louder.

Mrs Down: (in a stage whisper) **Shit**, they've already called the police. We should have left the Bentley and taken a taxi.

Mr Down: Just **keep calm** and don't look out of the window. Don't do anything **suspicious**, do you hear me?

Keep calm. Bleib ruhig.
suspicious verdächtig
by the way übrigens
to be gone weg sein
owner Besitzer(in)
to crawl kriechen
suspect Verdächtige(r)

Sally and Bob go to the window.

Sally: Look at that. Two police cars, and they're parking right in front of the jeweller's shop. *(looks at Mr Down)* Next to your Bentley, **by the way**. It is a beautiful car.

Mr Down: Thank you.

Bob takes Sally by the arm and leads her behind the counter. They talk in stage whispers.

Bob: I told you, he's watching the jeweller's shop. Did you notice? He **was gone** for a couple of minutes, just before the police arrived. I bet he saw that the shop was empty for a moment. Maybe the **owner** went to the toilet or answered the phone. That man must have **crawled** out of the toilet window, then he went to the jeweller's shop and quickly took some jewellery from the shop window before the owner returned. Then he came back the same way. And now he's sitting here and looking sad again, as if nothing had happened! I'll go and get the police.

Sally: All right, Bob. Good idea.

Bob leaves through the bistro door. Sally grins. A few seconds later, Bob returns with a policeman.

Policeman: So, who's the **suspect**?

Bob: *(points at table 3)* The man over —

Sally: (interrupts him and points at table 1) The couple over there.

Bob: What?

Bela ist mal wieder im James-Bond-Modus. Er sagt nicht einfach 'What', sondern zieht eine Riesenshow dazu ab. Verena und ich seufzen einvernehmlich, dann lese ich die Regieanweisungen weiter.

under arrest verhaftet
to handcuff Handschellen anlegen
thief (*pl.* thieves) Dieb(in)
salesperson Verkäufer(in)

Mrs Down and Mr Down quickly get up. Mr Down grabs the umbrella. They run to the bistro door, but the policeman stands in their way.

Sally: The stolen jewellery is in the umbrella.

Bob: What???

Mr Down: Damn!

The policeman takes the umbrella and looks inside.

Policeman: You're right – here it is. You're both **under arrest**.

The policeman **handcuffs** Mr and Mrs Down, then pushes them out of the door.

Bob: Sally, how did you know they were the **thieves**?

Sally: When I tripped over the umbrella I heard a sound like jewellery rattling. It's an old trick. One person distracts the **salesperson** in a jeweller's shop, while another drops things into an umbrella.

Bob: You're very clever.

Sally: I knew there was something funny about them the moment they came in. I don't like it when someone says my bistro is shabby.

A Brilliant DISGUISE

Da ich diesmal keinen Text zu lernen habe, kann ich mich endlich auf die wirklich wichtigen Dinge des Lebens konzentrieren: mein Aussehen und mein Image.

"Lissy", sage ich am Samstagmorgen und meine es todernst, "you have to help me **create** a new Paula Dylan. I want to look like a girl, talk like a girl and move like a girl, so that people will treat me like a girl."

Lissy nickt verständnisvoll. "Let's start with your clothes."

to create
erschaffen

Wir inspizieren meinen Kleiderschrank und finden neben Jeans, T-Shirts und Sweatshirts ein einziges Kleidungstück, das man als feminin einstufen kann: ein rot-gelb geblümtes Puppenkleid, das seit gut und gern zehn Jahren ganz hinten in einer Schublade gelegen haben muss.

"Ich werd verrückt. Das habe ich damals verzweifelt gesucht. Es gehört Nina, die hat immer mit Puppen gespielt. Ich mochte lieber Bälle und Kipplaster. Nina dachte, ich hätte das Kleid absichtlich versteckt, um sie zu ärgern. Wir hatten einen heftigen Streit deswegen und haben im Kindergarten drei Tage lang nicht mehr miteinander gespielt. Jetzt kann ich das Missverständnis endlich aufklären."

Lissy, die mit meinem deutschen Redeschwall überfordert ist, klappt die Schranktüren zu. "There's noth-

ing in here we can use. My clothes won't fit you, because I'm taller and my **hips** are narrower. So let's look in Aunt Anna's wardrobe."
Ich lege das Puppenkleid sorgfältig zusammen und folge Lissy ins Schlafzimmer meiner Eltern. "Forget it. Mummy's had three kids; her hips are even bigger than mine. And her **taste** in clothes is terrible, anyway."
"All mothers **have** one thing **in common**", belehrt mich Lissy. "They keep all the clothes that no longer fit them, because they hope that one day they'll be **slim** again."
Tatsächlich stellt Lissy mir in Nullkommanichts einen tollen Vintage-Look zusammen aus Sachen, die sie mit Kennerblick von den Bügeln fischt: ein orangefarbenes Fransenshirt, darüber eine weiße, durchsichtige Tunika, dazu ein grün-roter Lagenrock und Cowboystiefel. Anschließend gehen wir ins Bad, wo Lissy sich an mir als Visagistin vergeht. Der Lippenstift fühlt sich ganz fremd an auf meinen Lippen. Beim Wimperntuschen muss ich dauernd blinzeln. Mit endloser Geduld vollendet Lissy ihr Werk und sagt dann zufrieden: "Now look in the mirror."
Was ich sehe, macht mich nicht unbedingt glücklich. "I look like a boy trying to **disguise himself** as a parrot."
"I think you look absolutely great. You just have to **get used to** it."

hip Hüfte
taste Geschmack
to have in common gemeinsam haben
slim schlank
to disguise oneself sich verkleiden
to get used to sth sich an etw gewöhnen

“Sure”, sage ich ohne Überzeugung. Als Lissy mit Benny in Richtung Spielplatz verschwindet, ziehe ich mir etwas Bequemes an und schminke mich ab.
Doch am Montagmittag packt mich die Eitelkeit und ich krame den Vintage-Look wieder heraus. Ich will, dass Stephan mich umwerfend findet, das ist mir das Opfer wert. Lissy muss die Schminkprozedur wiederholen.

Break a leg! Hals- und Beinbruch!

“I won’t come with you this time”, sagt sie. “I want you to have Stephan all to yourself.”
Sie hilft mir sogar aufs Fahrrad. Mit einem Rock aufzusteigen ist nämlich eine Kunst für sich. Ich verheddere mich hoffnungslos. Schließlich raffe ich den Rock zusammen und stopfe so viel Stoff wie möglich zwischen meine Schenkel, damit nichts in die Speichen gerät. Lissy schiebt mich an. “**Break a leg**, sweetie.”
Als ich nach einer wackeligen Fahrt ankomme, warten Stephan und Dummi schon auf mich. Hoffentlich fragt er nicht gleich: “Wo ist denn Lissy?” Dann weiß ich, wem sein Interesse wirklich gilt.
Ich steige sehr undamenhaft vom Fahrrad und bleibe mit dem Rocksaum am Sattel hängen.
Stephan eilt mir zur Hilfe, dann grinst er plötzlich. “Ach, du bist das, Paula! Toll, wie man beim Theater lernt, sich zu verkleiden.”
Selbst Dummi erkennt mich erst auf den zweiten Blick, wahrscheinlich weil ich heute nach Lissys teuerstem Parfüm rieche.
“Dieses Outfit ist eine Katastrophe”, sage ich anstelle

einer Begrüßung und reiße mir die Stiefel von den Füßen. “Ich gehe lieber barfuß.”
“Dafür ist es aber ein bisschen kühl.”
“Kein Problem, ich dusche jeden Morgen kalt. Das beugt Krankheiten vor. Meine Mutter ist Kinderärztin.”
“Und die hat dich da drauf gebracht?”
“Ne, das habe ich in einer Zeitschrift gelesen.”
“Was hat es dann mit deiner Mutter zu tun?”
“Die führt sich immer auf, als würde ich gleich sterben, wenn ich mich nur mal verhalten räuspere. Da dachte ich, ich härte mich gründlich ab, damit ich Ruhe vor ihr habe.”
Stephan lacht, zieht Schuhe und Socken aus und verstaut sie neben den Stiefeln in meiner Satteltasche. “Mal sehen, wer nachher dreckigere Füße hat.”
Am Ende des Rundgangs haben wir Blätter zwischen den Zehen, Kratzer an den Fußsohlen und Bauchweh vom Lachen.
“Grüß Lissy”, sagt er zum Abschied. “Bis nächsten Montag.”
Ich radle barfuß heim, wo ich erst mal gründlich dusche. Allerdings bin ich so damit beschäftigt, mir das Make-up vom Gesicht zu rubbeln, dass mir die schwarzen Füße erst wieder einfallen, als ich das weiße Badetuch gründlich versaut habe. Du bist und bleibst ein Straßenjunge, Paula, sage ich mir und nehme mir fest vor, nächste Woche alles besser zu machen. Es kann doch nicht so schwer sein, seinem Leben einen Hauch Romantik zu verleihen!

A Secret MESSAGE

'Zjod od s drvtrz ,rddshr.'
Nein, das ist keins der russischen Sprichwörter, die mein Dad zuweilen von sich gibt, sondern die Aufschrift auf Janices aktuellem T-Shirt.
Wir laufen heute als geschlossene Mannschaft zur fünften Theaterprobe ein. Lissy und ich haben Verena daheim abgeholt, unterwegs sind wir Robin mit seinem Skateboard begegnet, auf dem Pausenhof haben sich uns Kim und Alex angeschlossen und an der Aulatür haben wir schließlich Bela eingesammelt. Nur Frauke fehlt noch. Es würde mich nicht wundern, wenn sie diese Probe schwänzt, denn genau wie ich hat sie heute keine Rolle zu spielen.
Die Aufwärmübung besteht aus Flüstern.
“Try to whisper as loud as you can”, weist Janice uns nacheinander an. Wir stehen dabei über die ganze Aula verteilt. “Paula, you first.”
“Zjododsdrvtrzrddshr”, lese ich von ihrem Shirt ab. Das zu flüstern ist eine echte Herausforderung.
“Robin, did you understand anything of what she said?”, fragt Janice.
“To be or not to be.”
“Also, so falsch war meine Betonung nun auch wieder nicht”, protestiere ich sofort.
Alle kommen dran, keiner wird verstanden.
“A stage whisper is a whisper that can be heard by the audience”, erklärt Janice. “As you've just realized,

from a distance nobody can hear you whisper, so you have to use a trick."
"A microphone?", fragt Bela, schnappt sich einen Besen, der in der Ecke lehnt, stellt sich breitbeinig davor und macht einen auf Rockstar am Mikro, inklusive Headbanging, Luftgitarre und anderen peinlichen Verrenkungen. Wir warten geduldig, bis er sich ausagiert hat.
"A stage whisper means", fährt Janice fort, "that the actor talks in a normal voice. But his body language is that of someone who is whispering. He leans close to the person he's talking to and puts his hand **beside** his mouth. Kim and Lissy, you try it, starting with '*The Bentley was your stupid idea*.'"

beside an

Es macht Spaß, beim Proben zuzuschauen, aber nach einer Weile bekomme ich so ein seltsames Kribbeln im Bauch, weil ich mir vorstelle, wie es sich machen wird, wenn Lissy und Kim – die absolut genial sind als Ehepaar, das gerade einen Juwelierladen beraubt hat – ihre Kostüme tragen und in echten Kulissen vor richtigem Publikum spielen. Ich werde tierisch aufgeregt sein, werde Angst haben, dass ich meinen Text vergesse; dass Lissy plötzlich einfällt, wie schüchtern und unsicher sie im Grunde ist, und dass sie weinend von der Bühne rennt; dass Robin wieder zu stottern anfängt; dass Bela eine James-Bond-Nummer abzieht, anstatt seine Rolle zu spielen; dass es mir peinlich ist, weil meine Eltern im Publikum sitzen werden. Tausend Dinge schießen mir durch den Kopf. Dabei hatte ich das Ganze doch nur angefangen, weil ich mich verlieben wollte!

to hand out verteilen
choleric jähzornig
long-suffering geduldig leidend
to fall asleep einschlafen
anger Wut
embarrassed peinlich berührt
to sue verklagen
quack Quacksalber(in)

Beim dritten Durchgang sitzt der Akt perfekt. Ich lasse mich zu stehenden Ovationen hinreißen. Frauke, die sich vor fünf Minuten doch noch eingefunden hat, gähnt demonstrativ.

Janice ist hochzufrieden. "You're getting better and better with every rehearsal. Frauke and Paula, please come on stage, I'**m handing out** the next act." Sie verteilt die Blätter. "We have a very interesting elderly couple in this act, Mr and Mrs Hill. He's **choleric** and she's his **long-suffering** wife. Paula and Robin, I think these roles are just right for you two. That'll give Lissy and Kim time to go backstage and put on their new costumes for the fifth act. Frauke, you're Kate Plims again."

Act IV

*Daniel **has fallen asleep** on the table with his head on his arms.*

*Mr and Mrs Hill enter. They are middle-aged. His face is red with **anger**. She is shy and obviously **embarrassed**.*

Mr Hill: (shouting angrily and waving his arms) I'm going to **sue** the woman. She's a **quack**.

Daniel wakes up, surprised.

Mrs Hill: Please, stop shouting, dear. Everybody's looking.

Mr Hill: Let them look. *(grabs Daniel's shoulder)* Do you hear me? Dr. Natalie Symes is a quack. I'm going to sue her.

Mrs Hill: Please, leave the man alone. You can't behave like this **in public**. *(to Daniel)* I do **apologize** for my husband's behaviour.

Mrs Hill sits down at table 2 and pats the empty seat. Daniel puts ***earphones*** *in his ears and shakes his head sadly. Then he stares out of the window.*

Mrs Hill: Please sit down, dear, and try to relax.

Mr Hill: (still standing and shouting) I AM relaxed! I'm as relaxed as I can be. Stop telling me what to do.

Als ich mich für die Drama Group angemeldet habe, schwebte mir eine romantische Rolle vor, mit Küssen und innigen Blicken und geseufzten Liebeserklärungen. Und was mache ich jetzt? Ich spiele eine verunsicherte Alte, deren Mann sie anherrscht und auf den Tisch haut.

in public in der Öffentlichkeit
to apologize sich entschuldigen
earphones Ohrhörer
peppermint tea Pfefferminztee
stinking stinkend
What kind of ... ? Was für ein(e) ... ?

Sally comes to their table.

Sally: What would you like to drink?

Mrs Hill: A cup of coffee for me, please, and a **peppermint tea** for my husband.

Mr Hill: I'm not going to drink stupid, **stinking** peppermint tea.

Mrs Hill: But Dr. Symes said that until you're better you shouldn't drink coffee.

Mr Hill: So you're on Dr. Symes' side now. Ha! **What kind of** wife are you?

Mrs Hill: She's an excellent doctor.

Mr Hill: She's a **bloody** quack. She **made up** the **diagnosis** just to annoy me. I'm **as fit as a fiddle**.

Mrs Hill: But the **lab** results ...

Mr Hill: I'm going to sue the lab as well! **Serves them right.** Stupid idiots.

bloody verdammt
to make sth up etw erfinden
diagnosis Diagnose
as fit as a fiddle kerngesund
lab(oratory) Labor
Serves them right. Geschieht ihnen recht.

Mr Hill sits down.

Mr Hill: (to Sally) Two cups of coffee, extra-strong.

Sally shrugs and goes to the counter.

Kate enters, carrying a small stuffed dog and a feather duster.

Sally: Oh, what a lovely surprise. You're bringing the dogs for the hunting theme redecoration.

Kate: Yes, this one is Diana. Bob, could you please get Hazel and Clara out of the car? I left it open.

Bob: I'm on my way. *(leaves through the door)*

Janice kennt ihre Truppe inzwischen und hat flinke Reaktionen entwickelt. Noch bevor Bela aufspringen und auf der Bühne herumhüpfen kann, wie er es bisher bei jedem Vorlesen gemacht hat, hat Janice ihm eine Hand auf die Schulter gedrückt.

Sally: (takes the dog and the feather duster) Would you like some tea and apple pie, Mrs Plims? It's on the house, of course.

Kate sits down at table 1.

Bob returns with a stuffed dog under each arm.

Mr Hill: Jesus Christ, what's this? Dead dogs in a restaurant!

Sally: (*puts the feather duster and the dog on the counter*) Don't worry, sir. They're quite clean.

Mr Hill: That's **disgusting.** I want to complain to the owner.

Sally: I am the owner. Sally Farnon. And you are?

Mr Hill: William Hill.

Sally: Very well, Mr Hill. As you can see, these dogs are stuffed and completely clean. They're part of the new hunting theme in my bistro.

Mrs Hill: How nice.

Mr Hill: How absolutely disgusting!

Sally: Bob, please take the dogs to the **storage room** for now.

Bob carries all three dogs backstage.

Mr Hill: What about our coffee? We've been waiting forever. I'm not going to pay for something that isn't served on time. And I want it hot, do you hear me? Not the **lukewarm** stuff you get everywhere these days.

Mrs Hill: Please, William, **calm down**. Think of your **blood pressure**.

Mr Hill: My blood pressure was fine until I went to see that quack.

Mrs Hill: Dr. Symes had to tell you her diagnosis. It's her **duty**.

Bob returns and starts working the coffee machine.

Mr Hill: This place is **the pits**. This whole town stinks. Bad doctors, bad restaurants, bad everything. We should never have moved here.

disgusting ekelhaft
storage room Abstellraum
lukewarm lauwarm
Calm down. Beruhige dich.
blood pressure Blutdruck
duty Pflicht
the pits das Letzte

Mrs Hill: You were the one who wanted to move. I was very happy in our little house by the sea.

Mr Hill: (**sarcastically**) Ah, so it's all my fault. That's nice. Here I am, a sick old man, and all you can do is tell me I've ruined your life. Thanks a lot.

Mrs Hill: (sighs deeply) So you finally **admit** you're ill.

Mr Hill: I didn't say that at all. But *you* think I'm ill, so you should treat me better and not hurt my feelings.

Sally serves them two cups of coffee.

Mrs Hill: Thank you.

Sally: Would you like some apple pie?

Mr Hill: Apple pie schmapple pie! Don't you have anything better to offer?

sarcastically sarkastisch
to admit zugeben
ridiculous lächerlich
gulp großer Schluck
to spit (spat, spat) spucken
boiling hot kochend heiß

"Apple pie schmapple pie?" Robin schüttelt den Kopf. "Ist das ein Sprachfehler wie Stottern?"

"It's a way of showing that you think something is **ridiculous**", erklärte Janice. "You repeat a word and put a schm sound in front of it."

Sally: Today's specials are chicken soup, Irish ...

Mr Hill takes a big **gulp** *from his cup and immediately* **spits** *it all over the table.*

Mr Hill: Jesus Christ, this is **boiling hot**. Do you want to kill me? I'm going to sue you.

Sally: (for the first time Sally is not her usual friendly self) You asked for very hot coffee,

Mr Hill, not the lukewarm stuff you get everywhere these days. Your words, not mine.

Mr Hill looks confused, then suddenly he throws the cup at the left wall and leaves in a hurry, **slamming** *the door.*

Bob comes and cleans the mess.

Mrs Hill: I'm terribly sorry. This is so embarrassing.

Sally: It's not your fault. Why don't you sit down again and finish your coffee?

Mrs Hill: I'm afraid I have to go and find my husband. What do I **owe** you?

Sally: Nothing. It's all right.

Mrs Hill: But he broke one of your cups.

Sally: Don't worry. We have plenty of cups. Why don't you come here on your own one day and enjoy a cup of coffee by yourself?

Mrs Hill: *(smiles sadly)* Oh, that would be lovely. Well, goodbye, and thank you for being so **understanding**.

Mrs Hill picks up her handbag and leaves. Bob collects the pieces of the broken cup.

to slam (zu)knallen
to owe schulden
understanding verständnisvoll
prop Requisit

Als wir alle zusammenpacken, stupst Robin Janice an und deutet auf den Schriftzug auf ihrem Shirt. "What does this mean?"
Janice grinst. "This is a secret message."
"Who for?", fragt Robin.
Janice bleibt ihm eine Antwort schuldig und verteilt noch schnell eine Liste. "These are all the **props** and

costumes we need. Could you all please look at home to see what you've got, then **tick** it **off**. After the holidays we'll decide who'll bring what."

to tick sth off
etw abhaken

Zwei Wochen Herbstferien – wie soll ich da meine Pläne weiterverfolgen? Ich muss dafür sorgen, dass ich wenigstens einen meiner Romeos in der Zeit sehe. Spontan fällt mir ein, wie ich Robin zu mir nach Hause locken kann.

"Komm doch in den Ferien mal bei mir vorbei, dann können wir uns den Text von Janices Shirt vornehmen. Mein Dad hat jede Menge Bücher über Verschlüsselungstechniken." Zumindest vermute ich, dass er die hat. Bisher hat er mich noch nie enttäuscht.

Boys, Books and Broccoli

Die Ferien haben kaum begonnen, da kämpfe ich schon mit heftigen Selbstzweifeln, weil ich viel zu viel Zeit habe, denn außer meinem Rollentext als Mrs Hill habe ich nichts zu lernen. So bleibt mir jede Menge Muße, um über mich und mein Leben nachzudenken, und ich komme zu dem Schluss: Ich leide an akutem, chronischem und unheilbarem Mangel an Romantik. Ich nenne es das Paula-Dylan-Mangelsyndrom. Dafür kennt Mummy bestimmt keine Therapie.

broccoli Brokkoli

Nach dem Frühstück beschließe ich, wenigstens einen Teil meines Lebens wieder in Ordnung zu bringen: meine Freundschaft mit Nina. Ich lege das Puppenkleid zusammen, stecke es in meine Schultertasche und mache mich auf den Weg.

Greta begrüßt mich freudestrahlend. “Geh nach oben. Du wirst eine Überraschung erleben.”

Die erlebe ich tatsächlich. Alles ist anders als beim letzten Mal. Nina liegt bäuchlings auf dem Bett und blättert in einer Mädchenzeitschrift. Die Musik läuft in Zimmerlautstärke. Es sieht zwar nicht gerade aus, als wäre eine Putzkolonne über den Raum hergefallen, aber man erkennt immerhin wieder die Umrisse der Möbel und das Muster des Teppichs. Und das Wichtigste: Der Typ mit der Turbo-Blase ist nicht da.

“Hi, Nina.”

Sie sieht auf: “Hi, Paula. Weißt du was? Deinetwegen ist es aus zwischen Enzo und mir.”
“Meinetwegen?” Ich bin mir keiner Schuld bewusst.
“Ja. Du und dein Dad mit euren Erziehungstipps. Mami hat sich aufgeführt wie ein Feldwebel, bis Enzo und ich schließlich genug von ihrem Aufstand hatten und das Zimmer aufgeräumt haben.”
“Und das hat Enzo so gestunken, dass er Schluss gemacht hat?”, wundere ich mich.
“Ne, ich habe Schluss gemacht. Er hat nach der Aufräumaktion gemeint, jetzt hätte er mir so toll geholfen, dafür müsste ich ihn belohnen und mit ihm schlafen. Da habe ich ihn vor die Tür gesetzt. Dieser Idiot. Gut, dass er weg ist.” Sie grinst und zwinkert mir zu. “Ich werde dir ewig dankbar sein.”
Mir fallen genug Steine vom Herzen, um das Zimmer wieder in ein Trümmerfeld zu verwandeln. “Hast du schon wieder einen neuen Schwarm?”
“Ich mach erst mal eine Beziehungspause”, sagt sie gewichtig. “Genau wie Mami nach der Scheidung. Das war ganz schön weise von ihr.”
“Du willst vier Jahre lang keinen Freund mehr haben?”, frage ich entsetzt.
“Quatsch, so lange wie Mami halte ich das nicht durch. Aber ein, zwei Wochen müssten schon drin sein.”
Ich setze mich zu ihr aufs Bett. “Bei mir ist es genau umgekehrt. Ich versuche verzweifelt, meine erste Beziehung anzuleiern.”
Jetzt ist Nina ganz Ohr. Sie dreht sich auf den Rücken und verschränkt die Arme hinter dem Kopf. “Hast du schon jemanden im Visier?”

"Stephan, Robin, Kim", zähle ich auf.
"Wow, ist der Typ adlig oder was? Weil er so viele Vornamen hat."
"Das ist nicht einer, das sind die drei, die in der engeren Auswahl sind."
"Veranstaltest du so eine Art Casting?"
"Irgendwie schon. Ich versuche herauszufinden, was ich tun muss, um einem Jungen zu gefallen, und was mir an Jungs überhaupt gefällt. Vor allem suche ich nach Romantik. War Enzo romantisch?"
Nina verzieht den Mund. "Wenn man es romantisch findet, in eine verdreckte Dönerbude eingeladen zu werden, dann vielleicht. Er hat mir nie Blumen geschenkt und mir keine Gedichte geschrieben. Das einzige Kompliment, das er mir je gemacht hat, war: 'Boa, hast du einen knackigen Hintern.'"
Greta schaut rein mit einem Tablett Kekse und Orangensaft. Sie überblickt die Situation sofort und strahlt, als sie sieht, dass bei uns wieder alles in Butter ist.
"Super, Schokokekse." Ich greife hemmungslos zu. Es ist wie in alten Zeiten.
Als Greta gegangen ist, hole ich das Puppenkleid aus der Tasche. "Schau mal, was ich in meinem Kleiderschrank gefunden habe. Erinnerst du dich noch?"
Und ob Nina sich erinnert. Sie stürmt zur Kommode, reißt die unterste Schublade auf, in der sie ihr Lieblingsspielzeug aufhebt für die Kinder, die sie selbst mal bekommen wird, und fördert Hanna von Hohenbutzenbach zutage, ihre Lieblingspuppe. Gemeinsam ziehen wir ihr den Strampler aus und das Kleid an.
"Wahnsinn", sagt Nina. "Es passt ihr sogar noch!"

Dann plumpsen wir kichernd rückwärts aufs Bett.
Als ich wieder daheim bin, ist von meiner guten Laune leider nicht mehr viel übrig, denn ich mache mir ernsthaft Sorgen um meine Zukunft.
Traurig, aber wahr: Im Kindergarten hatte ich ein erfüllteres Liebesleben als jetzt. Damals mochte mich ein Junge so gern, dass er mir jeden Mittag einen Abschiedskuss gab. Seinen richtigen Namen weiß ich nicht mehr, aber ich erinnere mich daran, dass ihn seine Eltern, wenn sie ihn abgeholt haben, immer Stupsel nannten. Ich fand die Küsserei nicht so doll und war froh, dass er kurz darauf in die Schule kam, weil er zwei Jahre älter war als ich. Heute würde ich ihm dankbar um den Hals fallen. So ändern sich die Zeiten.
Aber alles Selbstmitleid hilft nichts, also gehe ich meinen in allen Lebensfragen bewährten Berater fragen – Dad. Der schält gerade Kartoffeln für die Gemüsesuppe, die es bei uns jeden Samstag gibt.
"Dad, if you want something to happen, what do you do?"
Dad wirft eine geschälte Kartoffel in eine Schüssel mit kaltem Wasser. "You **make it happen**."
"But how?"
"**Depends.** What is it that you want to happen?"
Natürlich werde ich Dad nicht auf die Nase binden, dass ich geküsst werden will, vorzugsweise von Kim, Robin oder Stephan. "It's more a general sort of question."
Dad nickt wissend. Es ist die einzige Art, auf die er

to make sth happen dafür sorgen, dass etw geschieht
Depends. Kommt darauf an.

nicken kann. Kopfschütteln kann er auch nur mit diesem wissenden Zug um die Mundwinkel. Wahrscheinlich schnarcht er sogar wissend, da müsste ich mal Mummy fragen.

"A general question. I see. So a general answer is all I can give you. If you want something to happen you have to **take the initiative**. Make a list of things you can do to make it happen. Find out if you can do it alone or if you need friends to help you. And, most of all: don't let anything stop you. Most things never happen because the people who wanted to make them happen gave up too soon."

to take the initiative die Initiative ergreifen
reasonable vernünftig
on the other hand andererseits

"Sounds **reasonable**."

"**On the other hand** – sometimes it's true that *in magnis voluisse sat est."*

Den Spruch kenne ich bereits: *Bei großen Dingen genügt es schon, nur gewollt zu haben.* Aber beim Küssen genügt es mit Sicherheit nicht! "Thanks, Dad."

"Is there anything else I can do for you?"

"Yes. You could forget to put broccoli in the soup."

"Sorry, but I have to follow Anna's recipe exactly."

Ist die Welt nicht ungerecht? So viele Tier- und Pflanzenarten sterben aus, aber Brokkoli ist einfach nicht totzukriegen.

Ich mache mich an die Liste, die ich nachher mit Lissy durchgehen werde, wenn sie aus der Bibliothek zurückkommt. Sie liest deutsche Romane, um ihre Sprachkenntnisse zu verbessern. An literarisch hochwertigen Büchern mangelt es im Haus eigentlich nicht, aber Lissy liest mit Vorliebe Schundromane.

"Twenty ways to make a boy kiss you", schreibe ich optimistisch oben aufs Blatt. Dann verrenke ich mir das Hirn.

1. Pretend you're fainting and hope he'll **give** you **the kiss of life**. (Not very sexy.)
2. Say: "I bet you can't kiss as well as X." A confident boy will do his best to **prove** that you're wrong. (Or is this too obvious?)
3. **Spread a rumour** that the first boy who kisses you will get a **reward**: Spitfire and Greased Lightning's next babies. (Maybe I should think of a more interesting reward.)
4. Make him drink beer until he's **defenceless**, then kiss him. (Yuck, I don't want to kiss a boy who tastes of beer.)
5. Tie him to a chair, then kiss him. (That's what I call initiative!)

to give sb the kiss of life jdn von Mund zu Mund beatmen
to prove beweisen
to spread a rumour ein Gerücht verbreiten
reward Belohnung
defenceless wehrlos
sense Sinn

Die restlichen fünfzehn Punkte muss Lissy ergänzen. Die kommt gerade mit zwei Plastiktüten voller Bücher zurück.
"Uff, Lesestopf für zwei Wochen."
"Lesestoff", korrigiere ich.
"Stoff? Hm, that doesn't make **sense** to me. Books are made of paper."
Ich verzichte darauf, ihr die Feinheiten der deutschen Sprache näherzubringen, und halte ihr lieber die Liste hin, bevor sie sich in eins ihrer Bücher vertieft und nichts mehr hört und sicht.

Lissy liest stirnrunzelnd. “Have you ever thought of doing it the usual way?”
“Which is?”
“Give him **unmistakable** signals that you want to be kissed.”
Ich lasse mich auf den Sitzsack sinken, lege den Kopf zurück und hauche: “Oh, holder Jüngling, lass deine Lippen auf den meinen ruhen. Is that unmistakable enough?”
Lissy lacht. “Absolutely. Now let me read.”
Ich nehme ihr die Tüten weg. “You can’t read now. We have to kiss.”
Sie verzieht den Mund. “Thanks, but no thanks.”
“Not me and you, silly; we have to kiss a boy. Two boys, actually.”
Lissy schnappt nach ihren Tüten. “I don’t see any boys in here.”
“That’s no reason to give up. Most things don’t happen because you give up before you’ve made them happen. **Wise**, huh?”
“Gescheuert”, sagt Lissy.
“Bescheuert.”
“**Whatever**.” Sie nimmt das oberste Buch aus einer Tüte, legt sich bäuchlings auf ihr Bett und verschwindet in null Komma nichts in einem Universum voll schmachtender Heldinnen und verwegener Helden, in dem niemand ungeküsst bleibt.

unmistakable unmissverständlich
wise weise
Whatever. Egal wie.

Ich nehme mir meine Rolle vor. Mrs Hill ist das krasse Gegenteil von mir: unterwürfig, anpassungsfähig und ausgeglichen. Wieso lässt sie sich von ihrem

Mann so viel gefallen? Ich hätte dem Kerl längst die Meinung gesagt. Mein lieber Schwan, mit mir wird mal kein Mann so umspringen. Falls ich je einen finde. Ach ja, es ist schon traurig, wenn man mit vierzehn noch ungeküsst ist. Dass ich dieses Schicksal mit Lissy teile, macht es nicht leichter. Sie hat wenigstens ihre Schundromane und Tagträume. Alles, was ich habe, ist eine Liste mit fünf ziemlich fragwürdigen Vorschlägen, wie ich zu meinem ersten romantischen Kuss komme.

Eine halbe Stunde später kann ich meinen Text immer noch nicht, dafür habe ich meine und Lissys Kopie mit kunstvollen Blumenranken verziert. Mummy ruft uns zum Mittagessen.

Sie schöpft gerade Suppe in die Teller, als es klingelt. Dad geht öffnen. Der einzige Mensch, über den ich mich jetzt freuen würde, wäre der Pizzabote. Nicht ganz: Als Dad kurz darauf mit Robin im Schlepptau zurückkommt, freue ich mich wie verrückt.

"There's a young gentleman here who'd like to speak to you, Paula", sagt Dad in perfektem Butler-Tonfall.

Es war sehr weise von mir, dass ich vor zwei Jahren beschlossen habe, meine Eltern niemals peinlich zu finden, egal was sie sagen oder tun. Sonst müsste ich täglich mehrmals im Erdboden versinken, denn das Benehmen meiner Eltern ist so etwas wie eine ständige kalte Dusche, die ungemein abhärtet.

Ich meine: Wenn ein Junge zu Besuch kommt, dem man unterstellen kann, dass er sich für die Tochter des Hauses interessiert, dann fragt man ihn irgendetwas Unverfängliches, aber ganz sicher nicht nach seinen Kinderkrankheiten! Doch genau das tut Mummy, kaum dass sich Robin zu uns an den Tisch gesetzt hat. Sie drängt ihm sogar einen Teller Gemüsesuppe auf.

Robin benimmt sich tadellos. Er muss ein Vollblutschauspieler sein, denn er leert den Suppenteller, ohne auch nur einen Brokkolikrümel übrig zu lassen, und beantwortet höflich alle Fragen. Lissy grinst mich immer wieder viel sagend an. Ja ja, schon gut, ich werde ihn küssen, aber nicht hier am Tisch, wo Kevin jederzeit seine Kamera zücken kann.

to decipher dechiffrieren
hint Hinweis
space *hier:* Leerzeichen
punctuation mark Satzzeichen

"Paula and I are trying to **decipher** something", sagt Robin und reicht Dad den Zettel mit dem geheimnisvollen "Zjod od s drvtrz ,rddshr."

Dad liest, überlegt kurz, dann grinst er – wissend, was sonst? "This is a secret message."

"Sure", sage ich ungeduldig, "but what does it mean?"

Dads Grinsen vertieft sich, bis sein Gesicht nur noch aus Lachfalten besteht. "Ah, I see."

"What's so funny?"

"Well, let me give you a **hint**. The comma is a bit strange – it has a **space** before it, not after it."

Robin nickt plötzlich begeistert. "So it's not a **punctuation mark**, it's the first letter of a word."

Dad reicht ihm den Zettel zurück. "Exactly. I'll give you another hint: all you need to decipher the message is a computer keyboard."

Wir gehen in mein Zimmer, hocken uns vor meinen PC, starren die Tastatur an und warten auf eine Eingebung. Das heißt, ich warte. Robin denkt inzwischen angestrengt nach, schaut immer wieder zwischen den Tasten und dem Zettel hin und her, und tippt zuletzt etwas ein. “This is a secret message”, erscheint auf dem Bildschirm.

“Tja, so weit waren wir schon”, sage ich unbeeindruckt.

“Nein, das ist der Text. Fertig decodiert. Genau wie Janice und dein Vater es gesagt hatten. Wenn du anstelle jedes Buchstabens denjenigen tippst, der auf der Tastatur links daneben steht, dann kommt genau das heraus. Aus Z wird T, aus J wird H, und so weiter.”

In einem Anfall von Schlagfertigkeit (ich werde mir diesen Tag rot im Kalender anstreichen) breite ich die Arme aus, rufe: “Du bist ein Genie. Lass dich küssen!”, drücke Robin meine Lippen mitten ins Gesicht, und treffe sogar recht zielgenau seinen Mund. Leider schmeckt er nach Brokkoli, darum weiche ich schnell wieder zurück und tue so, als wäre es ein rein kumpelhafter Kuss gewesen. Am liebsten würde ich ihm eine Zahnbürste anbieten und es dann noch mal versuchen, aber Robin ruft bereits eins meiner Computerspiele auf und zeigt keinerlei Interesse mehr an mir. Nachdem er gegangen ist, nehme ich mir einen von Lissys Schundromanen und beginne zu lesen. Ein bisschen Bildungslektüre hat noch niemandem geschadet.

THE PROUD PIRATE

Dank *Orkan der Leidenschaft*, *Küsse im Mondschein* und *Die stolze Piratin* weiß ich am Montag alles, was ein Mädchen wissen muss, um einen Jungen im Sturm zu erobern. Eine wilde Fantasie jagt die andere, als ich zum Tierheim radle. Ob Stephan mich mit einem Strauß Blumen erwartet? Natürlich selbst gepflückt. Ob er nachsehen will, wie meine Füße die Strapazen des Barfußwaldlaufs überstanden haben? Ob sein erster Kuss auf meinem großen Zeh landet statt auf meinen Lippen?

proud stolz

Upps. Irgendwie geraten meine Träume immer etwas ins Abseits. Außerdem muss ich ja die Initiative ergreifen.

Also, noch mal von vorn, diesmal mit mir als Hauptdarstellerin. Ich könnte ihn begrüßen mit: "Das ist jetzt schon unser drittes gemeinsames Gassigehen. Das müssen wir feiern." Und dann küsse ich ihn – ganz feierlich. Oder ich sage: "Du hast da etwas am Mundwinkel. Soll Dummi es dir abschlecken oder lieber ich?"

Von weitem sehe ich die beiden aus dem Tierheim kommen. Dummi hüpft noch fröhlicher herum als sonst und Stephan hat sich als alte Dame verkleidet, mit Perücke, Faltenrock und Gesundheitsschuhen. So ein Scherzkeks. Ne, Moment, das ist ja gar nicht Stephan, sondern Frau Sellmann! Das bringt meine Pläne jetzt natürlich etwas durcheinander.

Ich steige vom Rad. “Hallo, Frau Sellmann. Hi, Dummi.” “Paula, schön dich zu sehen”, begrüßt sie mich herzlich.

Ich sehe dunkle Ringe unter ihren Augen und erkundige mich, wie es ihr geht.

“Ich bin noch etwas gerädert von dem langen Krankenhausaufenthalt, aber immerhin wieder fit genug, um meinen Liebling nach Hause zu holen. Und was machst du hier?”

“Eigentlich wollte ich mich mit Stephan treffen.” Ich schaue mich um in der Hoffnung, ihn irgendwo zu erspähen.

“Ist das der nette Junge, der sich hier um die Hunde kümmert? Der ist leider krank, wie man mir gesagt hat. Liegt im Bett mit Fieber, der Ärmste.”

“Dann schau ich mal bei ihm vorbei. Haben Sie seine Adresse?”

“Ja, die habe ich mir extra geben lassen, damit ich mich bei ihm bedanken kann. Dreimal die Woche ist er mit Dummi durch den Wald spaziert. Bist du jedes Mal mitgegangen?”

“Nein, nur montags, an den anderen Tagen konnte ich nicht wegen Schule und Theaterprobe.”

“Theater? Großartig! Sag mir Bescheid, wenn ihr eure Aufführung habt. Das lasse ich mir nicht entgehen.”

“Mach ich gerne.”

“So, hier.” Frau Sellmann hat den Zettel mit der Adresse in ihrer Handtasche gefunden und zeigt ihn mir.

Ich präge mir Straße und Hausnummer ein. “Danke. Erholen Sie sich gut. Ciao, Dummi.” Ich schwinge mich aufs Rad und brause los.

Drei Straßen weiter bin ich schon da. Mein Herz klopft so wild wie das der stolzen Piratin, als sie von den Schergen des Königs in dessen Gemächer geführt wird und nicht weiß, ob er sie verführen oder zum Tode verurteilen wird. Meine Lieblingsstelle in dem Buch. Lissys übrigens auch.
Ich klingle und kurz darauf öffnet Stephans Mutter. Sie kommt mir irgendwie bekannt vor. Verkauft sie in einem Laden? Könnte sie Sprechstundenhilfe sein beim Zahnarzt? Auf jeden Fall habe ich sie schon mal gesehen, das steht fest.
"Hallo", sage ich. "Ich bin Paula. Ich will Stephan einen Krankenbesuch abstatten."
"Gern, komm rein. Ich fürchte aber, seine Erkältung ist ziemlich ansteckend."
"Ich bin gegen alles immun", behaupte ich. Ich stecke mich aus Prinzip nicht an, schon allein, um Mummy zu trotzen, die um jeden, der niest, hustet oder verdächtig oft aufs Klo geht, einen weiten Bogen macht. Wenn es nach ihr ginge, wären sämtliche ansteckenden Krankheiten längst ausgerottet. Ihre Idee besteht darin, einfach alle Menschen für ein halbes Jahr unter Quarantäne zu stellen. Etwas realitätsfremd, aber immer noch weniger krass als ihr Vorschlag, Herstellung und Verzehr von Fast Food mit einer saftigen Geldstrafe zu belegen.
Die Mutter führt mich zu Stephans Zimmertür, klopft kurz, ruft: "Besuch für dich!" und geht. Keine neugierigen Fragen, keine anzüglichen Blicke. Solche Mütter lobe ich mir.
Ich deute ein heiseres Krächzen aus dem Zimmer als

"Herein" und öffne die Tür. Stephan sitzt, an dicke Kissen gelehnt, mit einem Block auf den Knien im Bett.
"Darf ich reinkommen?"
"Klar, setz dich." Er deutet auf den Schreibtischstuhl und niest dabei dreimal hintereinander.
"Na, wie geht's?", frage ich überflüssigerweise.
"Mama meint, ich werde es überleben. Damit hat sie bisher immer recht gehabt, also hoffe ich, dass es auch diesmal so ist. Wenn ich wieder gesund bin, dusche ich jeden Morgen kalt, so viel ist sicher."
"Dann warn vorher alle, die in diesem Haus leben. Beim ersten Mal quietscht man ganz fürchterlich."
Stephan versucht, einen Hustenanfall zu unterdrücken, und macht ihn dadurch nur noch schlimmer. Als er wieder einigermaßen Luft bekommt, japst er: "Na hör mal, ein Mann quietscht doch nicht."
"Ich könnte dir jetzt das Gegenteil beweisen, indem ich dich kräftig durchkitzle, aber in deinem Zustand könnte das kritisch werden."
Wir flachsen noch ein bisschen herum, dann fällt mir auf, dass Stephan dabei die ganze Zeit auf seinem Block herumkritzelt. "Was malst du da eigentlich?"
"Dich." Er zeigt mir eine Bleistiftskizze, die mir verblüffend ähnlich ist. Jetzt erst sehe ich, dass seine Wände mit Zeichnungen tapeziert sind. "Sind die alle von dir?"
Es sind überwiegend Tiere, aber auch Gesichter und ein paar Landschaften. "Das da drüben ist ja Dummi."
Ich sehe mir das Bild aus der Nähe an. "Du bist ein richtiger Künstler."
"Danke." Er niest ohrenbetäubend.
Ich fahre herum und rufe: "Bühnenbild!"

"Normalerweise sagt man in so einem Fall: Gesundheit."
"Das meinte ich auch nicht. Es geht um unser Theaterstück. Wir suchen noch jemanden, der das Bühnenbild macht. Hättest du Lust?"
"Na klar. So etwas habe ich noch nie gemacht, das wäre doch mal was. Worum geht es in dem Stück?"
Während ich ihm von *Sally's Bistro* erzähle, skizziert er die Bühne mit Tischen, Stühlen, Tresen und Schauspielern.
"Das macht wahnsinnig Spaß", sagt er. "Ich werde mich so richtig austoben können auf einer großen Leinwand. Weißt du was, ich fühle mich schon viel gesünder."
Auch ich fühle mich wunderbar, als ich schließlich gehe.
Wieder daheim, stürme ich sofort in Kevins Zimmer und drohe: "Wenn du mir heute nicht endlich das Video vom Tierheim zeigst, dann verrate ich deiner Freundin, dass du deine Nasenpopel isst."
Kevin, der an seinem PC das Filmmaterial der letzten Tage sortiert, schaut nicht mal auf, als er sagt: "Erstens mache ich das nicht mehr, seit ich fünf war, und zweitens habe ich keine Freundin."
"Schade."
"Finde ich auch. Sag mal, dieses Mädchen mit dem ausdrucksvollen Gesicht, die ich da neulich bei dir in der Drama Group gesehen habe, wer ist denn das?"
Da kommen nur Verena oder Frauke in Frage. Verena kennt er schon. Also muss er Frauke meinen. "Wieso, suchst du eine Hauptdarstellerin für einen Horrorfilm?"

Kevin wird rot und tippt hektisch auf seiner Tastatur herum. Ich glaub's nicht: Er steht auf Frauke. Immerhin habe ich jetzt ein Druckmittel.
“Wir machen einen Deal: Du zeigst mir den Film und ich erzähle dir alles, was ich über Frauke weiß. Und das ist einiges, denn sie geht in meine Klasse.”
“Frauke heißt sie also. Okay, ich zeig dir den Film, dann rückst du mit den Infos raus.”
Er öffnet die Datei *Romanze mit Meerschweinchen*. Das Meisterwerk der Cineastik beginnt mit einer wackeligen Einstellung, die Mummy beim Ausfüllen des Formulars zeigt, dann Dad, der den Käfig feierlich zum Auto trägt. Es folgt ein Zoom auf Dummi und gleich darauf auf mein Gesicht.
“Dummi, was machst du denn im Tierheim?”
Endlich der Schwenk auf Stephan. Mit offenem Mund starrt er mich sekundenlang an, bevor er sagt: “Du kennst ihn? Sein Frauchen ist im Krankenhaus. Gallenkolik. Der Notarzt hat das Tierheim angerufen, damit sie Dummi vorübergehend aufnehmen. Ich bin übrigens Stephan mit Ph.”
Schwenk auf mich, wie ich mir den Mundschutz und die Kappe runterreiße und sage: “Paula mit P.” Erst in dem Moment schaue ich Stephan an, aber nur kurz, weil ich mich gleich darauf vor Dummi hinknie.
Während man im Hintergrund Benny und mich “Guter Dummi” sagen hört, zoomt die Kamera näher an Stephans Gesicht, der mich mit einem ganz seltsamen Blick anschaut. “Geh mal auf Standbild”, sage ich zu Kevin.
Stephans Blick bleibt unergründlich. Auch der Rest

der Aufnahme hilft mir nicht weiter. Eins aber steht fest: Ich habe einen ganz besonderen Eindruck bei ihm hinterlassen.

"Lissy muss sich das ansehen." Ich gehe sie holen. Sie schaut sich den Film zweimal an und meint dann: "That was **love at first sight**, **no doubt about it**. Paula, you know what you've got to do now."

Klar, ich werde sofort zurück an Stephans Krankenbett eilen und ihn so lange abknutschen, bis ich auch den letzten Schnupfenvirus aus ihm herausgesaugt habe!

"You have to **lie low**", erklärt Lissy weiter. "Don't call him. Wait until he calls you."

"Is that what a shy girl would do?"

"No, that's what a romantic girl would do."

Ich seufze. So schwer habe ich mir das nicht vorgestellt. Da ich Bier-Kim und Brokkoli-Robin endgültig von meiner Liste gestrichen habe, ist in meinem Herzen jetzt reichlich Platz für Stephan. Dennoch übe ich mich in vornehmer Zurückhaltung.

love at first sight Liebe auf den ersten Blick
No doubt about it. Daran gibt's keinen Zweifel.
to lie low sich ruhig verhalten

Ganze drei Tage lang bin ich die Selbstbeherrschung in Person. Ich besuche Verena und spiele mit Diana und Hazel. Ich übe brav meinen Theatertext. Ich erzähle Kevin stundenlang von Frauke und schaffe es sogar, dabei nicht allzu gehässig zu werden. Ich helfe Mummy beim Ausmisten ihres Medizinschranks, der so groß ist wie ein begehbarer Kleiderschrank, und baue für Benny aus Legosteinen eine Ritterburg.

Aber dann mache ich einen Fehler: Ich lese *Die Heimkehr der tapferen Piratin*. Sofort spielen meine Hormone verrückt und ich kann nur noch an Stephans tiefgründige Augen denken, an seinen sexy Ohrstecker und seine vielen anderen inneren Werte. Und schließlich fällt mir auch noch siedend heiß ein, dass ich völlig vergeblich auf einen Anruf von ihm warte, denn er hat ja nicht mal meine Handynummer. So ein Patzer kann auch nur mir passieren.

Es ist früher Nachmittag, als ich mich auf den Weg mache, aber so bewölkt, dass es jetzt schon ziemlich finster ist. In meiner Vorstellung bin ich auf hoher See und kämpfe mit den Elementen, um den sicheren Hafen zu erreichen, wo mein Geliebter bereits bangen Herzens auf mich wartet. Der raue Oktoberwind wird zu einer tückischen Brise, die fast die Segel von den Masten fetzt. Aber die Piratin kennt keine Angst. Für sie zählt nur eins: in die Arme ihres Helden zu sinken und ihm endlich zu sagen, dass sie ein Kind von ihm will.

Ne, Moment, so weit bin ich mit Stephan zum Glück noch nicht.

Diesmal ist es sein Vater, der öffnet, und merkwürdigerweise kommt mir auch der irgendwie bekannt vor. Das gibt's doch nicht, dass ich seine beiden Eltern kenne und nicht weiß, woher. "Ich bin Paula und will Stephan besuchen. Geht es ihm schon wieder besser?"

"Stupsel ist schon wieder putzmunter", sagt der Vater. "Fr ist gerade bei einem Freund."

Stupsel? Stephan ist Stupsel?? Der Kindergartenküs-

ser??? Aber klar! Daher kenne ich seine Eltern, die haben ihn immer abwechselnd abgeholt. Ich fass es nicht.
Mein Herz klopft wie verrückt, aber dann beginnt mein Verstand wieder zu arbeiten und ich bin von einer Sekunde auf die andere völlig niedergeschmettert.
Dieser unergründliche Blick, mit dem Stephan mich auf Kevins Aufnahme anschaut – das war nicht Liebe, das war Wiedererkennen, gemischt mit unendlicher Peinlichkeit. Wahrscheinlich war er heilfroh, als er gemerkt hat, dass ich ihn nicht erkannt habe. Aus der Traum von der Heimkehr der Piratin!
Ich sage noch: “Dann komm ich ein andermal vorbei”, und steche wieder in See.

Shut up, You Idiot!

Als Lissy und ich uns am ersten Freitag nach den Ferien auf den Weg zur Theaterprobe machen, behauptet Kevin, er müsse Janice noch ein paar Fragen stellen wegen des Films, den er von der Generalprobe und der Aufführung drehen will. Natürlich ist das nur ein Vorwand, um Frauke zu sehen. Meinen armen Bruder hat's wirklich schwer erwischt.

Ich beobachte ihn kopfschüttelnd, wie er um Frauke herumscharwenzelt, während Janice noch dabei ist, sich mit Bela in einem simulierten Boxkampf aufzuwärmen. Frauke tut so, als würde sie Kevin überhaupt nicht bemerken, aber ich stelle fest, dass sie hin und wieder in seine Richtung schaut und dann ganz schnell wieder wegsieht. Da bahnt sich doch tatsächlich etwas an. Wie ist es möglich, dass selbst eine Eule wie Frauke mehr Glück bei Männern hat als ich?

Verena und Robin sind schon da und liefern sich ebenfalls ein Schattenboxen. Kim und Alex trudeln etwas verspätet ein mit einem kleinen Mädchen im Schlepptau. Sie ist etwa drei Jahre alt und versteckt sich schüchtern hinter Kims Bein, an das sie sich so fest klammert, dass er kaum laufen kann.

"I'm sorry", sagt er zu Janice, auf deren Shirt heute übrigens steht: 'Thanks for taking the time to read this.'

"Sorry about what? Oh, I see, you've brought someone with you."

"That's my little sister, Edda. My parents had to go out **unexpectedly** because my grandmother had a ... Herzinfarkt."

"A heart attack? How awful."

"So I have to take care of Edda for the rest of the day. I hope that's okay."

"No problem", meint Janice.

Lissys Augen strahlen, als sie die Kleine erblickt. Ich kenne dieses Leuchten. Gleich wird sie sich auf das Mädchen stürzen wie Spitfire auf frischen Löwenzahn. Keine zwei Sekunden später hält sie Edda bereits auf dem Arm. Das Mädchen taut sichtlich auf. Lissys Wirkung auf kleine Kinder ist geradezu magisch. "I'll take care of her", sagt sie. "I don't have anything to do in Act IV. We'll play quietly somewhere."

unexpectedly
unerwartet

Da Kim im vierten Akt ebenfalls keine Rolle hat, hockt er sich zu Lissy und Edda in die soeben zur Spielecke ernannte letzte Reihe der Aula und packt eine Tüte aus, die er mitgebracht hat und die diesmal keine Bierflaschen enthält, sondern Spielzeug.

Leider habe ich keine Zeit, weiter zu beobachten, wie sich die Sache entwickelt, aber ich bin sicher, bis zum Ende der Probe wird Lissy große Fortschritte bei Kim gemacht haben. Der Weg zum Herz eines Jungen führt womöglich direkt über seine kleine Schwester, so wie man bei Hundebesitzern punkten kann, wenn man ihren Hund streichelt.

Kevin hat sein Palaver mit Janice beendet. Ich scheuche ihn weg, damit er nicht dabei ist, wenn ich mich bis auf die Knochen blamiere, denn die Rolle fordert das Äußerste von mir. Janice will ja nicht, dass wir improvisieren, sonst würde ich Robin alias Mr Hill mal kräftig die Meinung geigen. So ein ungehobelter Dreckskerl, führt sich auf wie Pik Sieben und denkt, die ganze Welt würde ihm etwas schulden. Nur mühsam unterdrücke ich die Wut, die die ganze Zeit unter meiner Haut brodelt, und sage mir immer wieder, dass es ja nur ein Theaterstück ist, aber so ganz gelingt es mir nicht, zumal Robin es sichtlich genießt, den großen Zampano zu spielen.

Wir spielen die Szene immer wieder durch und ich werde von Mal zu Mal wütender auf mich selbst, während ich ohne Überzeugung meine Beschwichtigungen herunterbete. Anstatt "Please, stop shouting, dear" zu säuseln, würde ich lieber brüllen: "Shut up, you idiot, and **get lost**."

Am Ende nimmt mich Janice in den Arm. "Paula, darling, you were fantastic. That was acting at its best. You weren't just playing the part, you were really living it. I could really **sense** all that anger in Mrs Hill."

Wahnsinn, ich habe etwas richtig gemacht. Ich weiß nicht genau, wie und warum, aber anscheinend habe ich den Schlüssel zu wahrer Schauspielkunst entdeckt. Nun muss ich diesen Zufallstreffer nur noch wiederholen.

Get lost. Hau ab.
to sense spüren

Erst jetzt nehme ich meine Umgebung wieder wahr. Lissy spielt mittlerweile allein mit Edda, während Kim mit Stephan quatscht. Stephan!!! Er hatte mir ja versprochen, heute zur Probe zu kommen und Janice seine Entwürfe für das Bühnenbild zu zeigen. Ich weiß nicht, wie lange er schon da ist, aber das Lob von

Janice hat er auf jeden Fall mitbekommen, denn er lächelt mich an und macht das Daumen-hoch-Zeichen. Sofort wird mir klar, dass ich ihn auf keinen Fall aufgeben darf, auch wenn die angebliche Liebe auf den ersten Blick sich als peinliche Fehlinterpretation entpuppt hat. Es mag ja sein, dass er seine Kindergartenschwärmerei inzwischen nur noch albern findet, aber das heißt noch lange nicht, dass er für mich völlig verloren ist.

"Hallo, Stupsel", begrüße ich ihn, als er zu uns auf die Bühne kommt.

"Du erinnerst dich also doch an damals", stellt er fest.

"Klar, ich weiß sogar noch, dass dein Atem immer nach Karamellbonbons roch."

Er grinst verlegen.

Ich stupse Janice an. "Janice, this is Stephan. I forgot to tell you that he said he'd come today. He's a really good artist and I asked him if he'd like to design the **set**. I hope that's okay."

Janice schaut sich Stephans Skizzen an und reicht sie anschließend herum. Alle sind begeistert. Zum Abschluss gehen wir noch schnell die Requisitenlisten durch.

set Bühnenbild

"See you next week", sagt Janice und schließt die Aula ab.

Auf dem Pausenhof nimmt Kim seine kleine Schwester hoch, die müde an ihrem Daumen nuckelt.

"Could you do me a big favour?", fragt er Lissy. "Could you come and babysit tonight?"

Lissy nickt und schaut schnell zu mir rüber. "You'll come too, Paula, won't you?"

Ich zögere, denn für mich ist sonnenklar, was Kim wirklich will: den Abend mit Lissy verbringen. Da würde ich nur stören. Andererseits könnte ich ja Edda ins Bett bringen, damit Lissy und Kim Zeit füreinander haben. Und danach mache ich mich diskret aus dem Staub.

Bis ich mit meinen Überlegungen fertig bin, ist mir schon jemand zuvorgekommen: Verena meint, sie würde unheimlich gern mitkommen. Ich hatte ganz vergessen, dass sie auch für Kim schwärmt. Was für eine blöde Konstellation, wenn sie und Lissy beide zu ihm gehen, aber da ist nichts mehr zu retten.

Kim sagt: “Super.” Alex freut sich irgendwie auch, weiß der Geier warum. Vielleicht haben die beiden vor, sich wieder ein Bier reinzuzischen, während die Mädchen mit Edda spielen.

Who is You-Know-Who?

Was ist nur mit Lissy los? Anstatt mit flatternden Nerven im Bad zu stehen und sich für ihr Date mit ihrem Schwarm schön zu machen, hockt sie in der Küche auf der Arbeitsplatte, mampft Müsli und erzählt Mummy, wie toll ich mich schauspielerisch entwickelt habe.
Ich warte, bis Mummy geht, dann bohre ich vorsichtig nach. "Aren't you excited, just a little?"
"No, why?"
"Because of tonight."
"Oh, I love babysitting, and Edda is such a sweet girl."
Ist ihr am Ende überhaupt nicht klar, was los ist: dass sie den Abend mit you-know-who verbringen wird? Na gut, wenn das so ist, dann lasse ich sie lieber in Ruhe, sonst mache ich sie noch nervös. Sie wird schon früh genug merken, wie der Hase läuft.
Leider läuft der Hase nicht allein, weil Verena mitgeht. Die erscheint eine halbe Stunde später total aufgebrezelt und ständig kichernd. Sie zwinkert mir verschwörerisch zu. Ich komme mir vor wie eine Verräterin, weil ich Lissy nicht gewarnt habe, dass sie in Verena eine ernst zu nehmende Konkurrentin hat.
Um mir nicht ausmalen zu müssen, was für ein Fiasko der Abend für Lissy werden könnte, nehme ich mir den dritten Band meiner Lieblingsreihe vor, *Verrat an der stolzen Piratin*. Das lenkt mich wunderbar ab, denn es

geht gleich auf der ersten Seite richtig in die Vollen. Der Freund ihres Geliebten, ein Graf, versucht die Piratin zu vergewaltigen. Sie wehrt sich erfolgreich, doch nun behauptet der Graf, sie hätte ihn beraubt und dabei schwer verletzt. Weitere Intrigen folgen und schließlich muss die Piratin fliehen, um ihr Leben zu retten, das seit Band 1 so ziemlich auf jeder zehnten Seite in Gefahr ist. Sie strandet auf einer einsamen Insel.

An dieser Stelle drückt meine Blase. Nachdem ich auf der Toilette war, verspüre ich Bewegungsdrang und beschließe, eine Runde um die Häuser zu gehen und dabei ganz zufälligerweise an Kims Haus vorbeizukommen. Könnte ja sein, dass Lissy mich braucht.

Ich mag die Dunkelheit. Sie gibt mir das Gefühl, die Straßen für mich allein zu haben. Und sie gibt mir die Sicherheit, von Kevin nicht heimlich gefilmt zu werden. Heute kommt noch ein weiteres Gefühl dazu: ein romantisches Sehnen. Jetzt wäre es schön, jemanden zu haben, der mir sanft seine warme Hand in den Nacken legt und mich unter einer Straßenlaterne küsst. Der mir sagt, dass ich schön bin und dass er ohne mich nicht leben kann. Der mir die Wolken vom Himmel holen würde. Eigentlich sind es ja die Sterne, die man jemandem vom Himmel holt, aber von denen ist heute nichts zu sehen. Ich würde mich also auch mit einer Wolke zufrieden geben.

Mein Traum wird zerrupft wie eine Regenwolke im Sturm, als ich in die Straße einbiege, in der Kim wohnt. Kim kommt gerade aus dem Haus. Verena ist bei ihm. Sie lachen, er legt seinen Arm um sie, und eng aneinander geschmiegt gehen sie die Straße hinunter.

Dieser Mistkerl! Lässt Lissy einfach mit seiner kleinen Schwester allein und geht mit Verena weg. So was Rücksichtsloses und Gemeines!
Was soll ich jetzt tun? Kim und Verena verfolgen, um herauszubekommen, was sie machen? Klingeln und Lissy trösten? Oder nach Hause gehen und so tun, als hätte ich nichts mitbekommen?
Ich brauche nicht lange darüber zu grübeln, denn ich weiß aus Erfahrung, dass in solchen Momenten sowieso meine Neugier siegt, warum also soll ich meinen anderen Charaktereigenschaften erst groß Illusionen machen?
Die Verfolgung führt in die Innenstadt und endet vor dem Kino. Tja, das war's dann mit meiner Karriere als Lifestyle-Coach für Lissy. Anstatt sie mit Kim zu verkuppeln, darf ich mitansehen, wie er ein anderes Mädchen ins Kino einlädt. Hoffentlich ist ihr Liebeskummer nicht so groß, dass sie ein für alle Mal von Jungs genug hat und als alte Jungfer endet. Dann wird sie ihren Enkeln eines Tages erzählen: "It's Paula's fault that I'm a **spinster**. She let me down when I needed her most."

spinster
alte Jungfer

Da fällt mir ein, dass sie als alte Jungfer niemals Enkel haben wird. Wie traurig. Das Mindeste, was ich jetzt tun kann, ist, sie zu trösten. Also latsche ich den ganzen Weg wieder zurück. Als ich am Haus ankomme, sehe ich, dass im Carport ein Auto steht. Kims Eltern sind wieder da. Auch gut, dann ist Lissy inzwischen sicher längst daheim.
Ich beeile mich, damit sie mit ihrem Kummer nicht so lange allein ist. Doch daheim ist Lissy nirgends zu fin-

den und Mummy sagt, sie wäre noch nicht zurück. Vielleicht palavert sie noch ein bisschen mit Kims Eltern, aber sie müsste auf jeden Fall bald kommen. Ich nehme mir wieder die Piratin vor. Die hat herausgefunden, dass die Insel gar nicht so einsam ist, wie sie dachte, weil dort schon mal jemand gestrandet ist, und zwar ausgerechnet der Admiral, der im zweiten Band ihr Schiff versenkt und damit fast ihre Heimkehr verhindert hat. Aber was macht die dumme Pute? Anstatt sich den Kerl mal so richtig vorzuknöpfen, lässt sie sich auf ein Techtelmechtel mit ihm ein. Ist die Frau noch ganz richtig im Kopf? Der Admiral ist ihr erbittertster Feind – schlimmer noch als der Graf – und sie lässt sich von ihm am Strand mit glühenden Küssen überschütten. Ich hoffe, ihm fällt eine Kokosnuss auf den Kopf. Aber das werde ich nicht mehr erfahren, denn ich habe genug vom Lesen und pfeffere das Buch auf Lissys Bett.
Dabei fällt mir auf, dass sie immer noch nicht zurück ist. Ich rufe kurzerhand ihre Handy-Nummer an, sonst vergehe ich noch vor Sorge.
"Hello?", meldet sie sich und klingt dabei kein bisschen verzweifelt.
"Lissy, where are you?"
Sie kichert. "I'm meeting a silent parrot."
"Hä?"
"I'll tell you tomorrow."
Der Fall ist sonnenklar: Sie hat vor Liebeskummer den Verstand verloren. Egal ob man glücklich oder unglücklich verliebt ist, es bringt die Hormone in Wallung, stürzt die Körperfunktionen ins Chaos und führt

zu hochgradiger Verblödung. Wenn man bedenkt, wie viele Nebenwirkungen Liebe hat, ist es ein Wunder, dass sie nicht längst rezeptpflichtig geworden ist. "Herr Doktor, bitte verschreiben Sie mir eine kleine Packung Verliebtsein." – "Tja, ich weiß nicht so recht, du bist noch etwas jung dafür. Die Folgeschäden heilen oft nie wieder ab."

Die Folgeschäden kann ich am nächsten Morgen in aller Ausführlichkeit studieren, denn Lissy kommt singend aus dem Bad, als ich noch gähnend im Bett sitze. Sie muss gestern heimgekommen sein, nachdem ich eingeschlafen war, aber sie ist bereits putzmunter und schockierend gut gelaunt.

"Isn't it a lovely day?"

Ich schaue zum Fenster. "It's grey, cloudy and windy. That's not my idea of a lovely day."

"When you're in love, clouds and rain are lovely, too."

Irgendwie scheine ich etwas nicht mitbekommen zu haben. Das waren doch Kim und Verena, die da gestern ins Kino gegangen sind, oder? Verwechslung ausgeschlossen. "Who are you in love with?"

Lissy reißt sich vom lieblichen Anblick des grauen Herbstmorgens los und hockt sich mit angezogenen Knien auf ihr Bett. "You-know-who", meint sie grinsend.

"Aha", sage ich und mache eins der vielen dämlichen Gesichter, auf die ich jederzeit Zugriff habe. Wenigstens etwas, auf das ich mich verlassen kann.

"Oh, sorry, of course you don't know that Kim wasn't alone when Verena and I arrived. Alex was there, too."

"Alex?"

Ein seliger Seufzer zwängt sich zwischen Lissys Lippen ins Freie. "Yes, Alex. Kim and Verena left after a while and then we were finally alone. Just him and me. God, I was nervous. But he was nervous, too. We're both so shy we didn't say a word for a long, long time. And then we had to laugh at ourselves and that broke the ice."

"Wait a minute. *Alex* is you-know-who?"

"Sure. Who else?"

"I thought you had a crush on Kim."

"Kim? Oh, he's good-looking, it's true, but I'm more interested in a boy's inner qualities."

Das braucht sie mir nicht zu sagen, da bin ich gewissermaßen Expertin. "But when we met Kim at the first rehearsal you said – oh, wait a minute." In meinem Gehirn rattert und knattert es. Kim und Alex tauchten ja immer und überall im Zweierpack auf. Jedes Mal, wenn ich glaubte, Lissy würde Kim meinen, meinte sie eigentlich Alex. Und wenn ich es genau überlege, hat sie auch immer ihn angeschaut. Ich hielt es für Schüchternheit und dachte, sie würde sich nicht trauen, Kim anzusehen. Und während der Proben hat Alex auch immer in Lissys Richtung geschielt. Da hat sich die ganze Zeit etwas angebahnt. Und ich hatte keinen Schimmer.

"Tell me everything."

"Remember, I told you that on the day we saw the notice Alex was standing behind us. He heard us tell Verena that we were thinking about joining the drama group. He decided to go too, just to be near me. Isn't that sweet? His problem is that he's very shy, so Kim came with him for **moral support**."

Ich nicke. "And yesterday, when Kim's parents **got back**, Alex took you home with him and introduced you to his silent parrot." Der namenlose Papagei, jetzt fällt es mir wieder ein, dass Alex mal in der Pause von ihm erzählt hat.

"Later he walked me home and it was so romantic. We kissed under every **street lamp**."

Jetzt bin ich es, die seufzt. Alle sind verliebt, sogar die blöde Piratin in den Admiral, nur ich bin immer noch solo und kein Schwein küsst mich.

In dem Moment kommt Benny angetrippelt, wirft sich in meine Arme und pappt mir einen dicken Kuss auf die Wange.

moral support
moralische Unterstützung

to get back
zurückkommen

street lamp
Straßenlaterne

After all these years...

Am Montag hängt Lissy in jeder Pause mit Alex herum, und da der immer noch an Kim klebt und Kim unvermeidlicherweise an Verena, bilden die vier ein glückliches Gespann, während ich als unglückliche Einpersonengruppe am Rand des Pausenhofs stehe und lustlos an einem Vollkornbrötchen nage. Nina entdeckt mich und kommt mir Gesellschaft leisten.

"Warum schaust du so trübsinnig?"

"Meine Traumboys sind mir allesamt abhanden gekommen. Kim ist mit Verena zusammen, an Robin habe ich das Interesse verloren und Stephan geht auf die falsche Schule." Ich erkläre ihr die ganzen Zusammenhänge.

"Na also", meint sie, "dann triffst du Stephan eben heute beim Gassigehen."

"Aber Dummi ist wieder bei seinem Frauchen. Wenn ich trotzdem zum Tierheim gehe, weiß Stephan, dass ich seinetwegen komme und nicht wegen Dummi."

"Eben, das soll er doch wissen. Denkst du etwa, Jungs können Gedanken lesen und wissen, welches Mädchen gerade auf sie abfährt? Also, du gehst heute dorthin und setzt die ultimative weibliche Waffe ein."

"Und die wäre?", frage ich wissbegierig.

"Mit dem Hintern wackeln. Das zieht Jungs magisch an. Bei Enzo hat es keine fünf Sekunden gedauert und er ist an mich drangeklatscht wie an einen Magneten."

Nina führt mir ihren Hüftschwung vor. Sie stolziert zum Abfallkorb, entsorgt ihren Kaugummi und kommt wieder zurück, wobei ihr Po in der knallengen Jeans hin- und herschaukelt wie ein Schiff bei hohem Seegang.

Als sie wieder bei mir angelangt ist, klatscht tatsächlich etwas an sie dran: Robins Hand landet krachend auf Ninas Hintern.

"Oh, kleines Versehen", sagt er mit frechem Grinsen. "Den Poklatscher war ich eigentlich Paula schuldig. Weißt du noch?" Er zwinkert mir zu.

Ich beschließe, dem Knaben noch eine Chance zu geben, schon allein zu Testzwecken. Ich strecke den Hintern raus und wackle, was das Zeug hält.

"Komisch", sagt Robin. "Das erinnert mich jetzt irgendwie an die Hennen bei meinem Opa, kurz bevor sie ein Ei legen." Dann saust er lachend davon.

"Wow, der hat ja tolle Wimpern", stellt Nina fest. "Soll ich dir zeigen, wie man das mit dem Po richtig macht?"

"Nein danke, ich hab mich für heute genug blamiert. Morgen dann wieder."

Ich werde Stephan auch ohne Pogewackel erobern.

Doch Mummy lässt mich nach dem Mittagessen nicht aus dem Haus. Sie findet: "Du siehst aus, als würdest du eine Krankheit ausbrüten."

"Ne, ich brüte nur ein bisschen Liebeskummer aus."

"Davon bekommt man bestimmt kein Fieber. Ich sehe doch an deinen Augen, dass du erhöhte Temperatur hast." Es klingt wie eine Anklage.

Ich fühle mich heute wirklich ziemlich mies, aber das würde ich nicht mal unter der Folter gestehen. Bevor ich das Weite suchen kann, habe ich schon ein Digitalthermometer unter der Zunge und das zeigt dann erschreckende 38,6 °C. Die Beweislage ist eindeutig: Ich bin krank. Mummy verhängt die Höchststrafe: strengste Bettruhe, Wadenwickel und literweise Lindenblütentee.

Da ich mich zu schlapp fühle, um das Urteil anzufechten, ergebe ich mich in mein Schicksal.

Die ganze Woche lang dämmere ich fiebrig vor mich hin, behaupte aber tapfer, ich hätte keine Kopfschmerzen, weil Mummy mir sonst auch noch Schmerztabletten zumuten würde.

Am Freitagvormittag kann ich endlich wieder aufstehen. Vom vielen Liegen bin ich ganz zerknautscht. Auf wackligen Beinen latsche ich durch das leere Haus und mache es mir mit einem Glas Apfelsaft vor dem Fernseher bequem. Durch die Programme zu zappen, strengt mich derart an, dass ich lieber die Augen schließe und an Stephan denke. Ob er heute nach seiner Gassirunde wieder zur Theaterprobe kommt? Er wollte mit dem Hausmeister den Aufbau des Bühnenbilds besprechen. Hach, und ich bin nicht da, um ihm schöne Augen zu machen. Das ist vielleicht besser so, denn schön sind meine Augen im Moment eh nicht. Sie sind so glanzlos wie meine Haare. Das bringt mich auf die Idee, ein Bad zu nehmen und mir die Haare zu waschen. Danach ist mein Kreislauf derart im Keller, dass ich einschlafe, kaum dass ich aufs Bett gesunken bin.

"Oh, she's asleep", höre ich Lissy flüstern.
Wie lange habe ich geschlafen? Ich reibe mir die Augen. Draußen ist es schon stockfinster. Aus dem Flur scheint Licht ins Zimmer. Ich sehe Lissys Silhouette und daneben ...
"Stephan", krächze ich schlaftrunken.
"I told him you were ill", sagt Lissy. "I hope it's okay that I brought him back with me."
Meine Lebensgeister trudeln allmählich wieder ein, immer schön einer nach dem anderen. Ich setze mich auf, bringe ein Lächeln zustande und schaffe drei Atemzüge am Stück, ohne dass mir schwindlig wird. "Yes, that's fine."
Lissy macht ihre Nachttischlampe an, weil das Deckenlicht mich blenden würde. "Janice played your part. She kept improvising and we had to tell her to stick to her text."
Ich muss lachen und fühle mich gleich etwas munterer.
Stephan macht einen unsicheren Schritt ins Zimmer und reicht mir eine Klarsichthülle. "This is for you."
In der Hülle steckt eine Zeichnung, die ein kleines Mädchen darstellt. Das Bild ist in einem kindlichen, aber doch gekonnten Malstil gezeichnet, mit vielen schön aufeinander abgestimmten Farben und aufwendigen Schattierungen. Meine Denkvorgänge, die noch nie für ihr Tempo berühmt waren, sind heute noch träger als sonst, aber nach einer Weile erkenne ich das Mädchen. "That's me as a little girl."
"Right. I did that drawing when I was six. It was a pre-

sent for you, but I didn't have the **courage** to give it to you."

Das ist das Romantischste, was jemals jemand zu mir gesagt hat. "You really liked me, didn't you?"

Er sieht auf seine Armbanduhr. "Ich muss los." An der Tür dreht er sich noch einmal um. "Ich mag dich immer noch unheimlich gern."

Wenn ich nicht sowieso schon im Bett wäre, würde es mich jetzt umhauen. Ich lehne mich ans Kopfende und blinzle mehrmals. "Did he really say that?", frage ich Lissy.

courage Mut

"I told you he was in love with you, but you didn't want to believe me."

Mir wird so heiß, dass es Mummys Fieberthermometer zerlegen würde, wenn ich es jetzt in den Mund nähme.

Leider bin ich nicht fit genug, um einen Sprint hinzulegen, sonst würde ich Stephan hinterherlaufen, ihn ganz fest in den Arm nehmen und ihm in wohlgesetzten Worten sagen, dass ich ihn auch liebe. Wie ich mich kenne, würde das auf ein gestammeltes "Äh, öh, ui" hinauslaufen, aber immer noch besser als nichts.

Ich schaue das Bild an und studiere jeden Buntstiftstrich. Fast zehn Jahre ist es her, dass Stephan es gemalt hat. Er hat es die ganze Zeit aufgehoben. Ich bin zu Tränen gerührt.

"You've got another part in the fifth act", sagt Lissy und reicht mir zwei Blätter.

Welcher Akt? Will Stephan mich nackt malen? Ach so, das Theaterstück. Ich bin wirklich noch etwas wirr. "Which one?"

"You're playing a teenager called Jenny Smith."

Act V

Daniel is still sitting at table 3. Kate is still sitting at table 1.

Bob is behind the counter, where Sally collects a tray with a cup of tea and a plate with apple pie. She takes the tray to table 1 and serves Kate.

Kate: Some people have no **manners**.

Sally: Poor Mrs Hill. Imagine being married to a man like him! It must be a **nightmare**.

The bistro door opens. Mrs Smith and her teenage daughter Jenny enter.

Mrs Smith: This is so much nicer than Pizza Hut, don't you think?

Jenny: (shrugs)

Mrs Smith: And it's not so **crowded** and hot.

*Jenny: (blows a **bubble gum bubble**)*

Mrs Smith: Oh, **take out** that horrible gum, will you?

Jenny: (**sucks** the bubble back into her mouth)

Mrs Smith sits down at table 2. Jenny follows her ***reluctantly*** *and* **slumps** *in her chair.*

Mrs Smith: (to Kate) May I ask what you're eating? It looks good.

Kate: Apple pie. It's delicious.

Sally comes to take their order.

Mrs Smith: (to Sally) I'll have a piece of apple pie and a cup of tea. *(to Jenny)* What would you like?

Jenny: (shrugs)

manners Manieren
nightmare Albtraum
crowded überfüllt
bubble gum bubble Kaugummiblase
to take out herausnehmen
to suck saugen
reluctantly widerwillig
to slump (in sich) zusammensacken

Mrs Smith: The same for my daughter.
Jenny: (**sulkily**) I'd rather have a Coke.

Das ist ja die absolute Traumrolle. Besteht fast nur aus Körpersprache. "Who's playing Mrs Smith?"
Lissy grinst. "Kim."
"You're kidding."
"No, seriously. Kim plays your mother."
Kichernd lese ich weiter.

sulkily schmollend
top of the class Klassenbeste(r)
to roll one's eyes die Augen rollen
talented begabt
to ignore ignorieren
best possible bestmöglich
violin Geige

Mrs Smith: Then why didn't you say so? A Coke for my daughter, please.
Sally goes to the counter. Bob prepares their order.
Mrs Smith: (to Kate) She's not usually like that. Jenny's a wonderful girl. The best daughter in the world. And **top of her class**.
Jenny: (**rolls her eyes** and whispers) Mum!
Kate: How nice.
Mrs Smith: She plays the piano. *(looks around)* Shame there's no piano in here, or she could have played for us. She really is very **talented**.
Jenny: (looks more and more desperate) Mum, please!
Mrs Smith: (**ignoring** her daughter and still talking to Kate) It's so important for children to learn a musical instrument. It's the **best possible** exercise for the brain and the fingers.
Kate: I played the **violin** when I was young.
Sally serves Mrs Smith and Jenny.

Mrs Smith: Thank you. *(She* **nudges** *Jenny)*
Jenny: Er, thanks.
Sally goes to the counter.
Sally: Bob, please give me a bowl of chicken soup for our silent guest. I'll have another go at **cheering** him **up.**
Bob **fills** *a bowl with soup. Sally puts the bowl and a spoon on a tray, takes it to Daniel and puts it in front of him.*
Sally: This will do you good, sir.
Daniel: Maybe you're right. Thanks a lot. You're very kind. *(starts to eat slowly)*
Sally returns to the counter, smiling.
Mrs Smith: (to Kate) Did I mention Jenny's **dance classes**? Ballet, tap dance, jazz dance, everything. *(to Jenny)* Darling, why don't you do a little tap dance for us? There's plenty of room between the tables. Come on, don't be shy. *(to Kate)* She's so **modest**, you know.
Jenny: (looks as if she wishes she were invisible) Mum, that's enough.
Mrs Smith: Excellent apple pie. *(to Kate)* Jenny's a great cook, too. Some girls don't learn to cook these days. But if you ask me, all those **ready-meals** ruin your health. A girl has to know how to cook. Jenny's really talented. I'm so proud of her. She even invents recipes. *(to Jenny)* Come on, tell the nice lady about the

to nudge sb jdn anstupsen
to cheer sb up jdn aufmuntern
to fill füllen
dance class Tanzkurs
modest bescheiden
ready-meal Fertiggericht

fantastic three-course meal you cooked last Sunday.

A mobile phone rings

Mrs Smith: Oh, that must be mine. I'll answer this outside. Excuse me, please.

She picks up her handbag and leaves through the bistro door.

Jenny sighs with ***relief*** *and drinks her Coke.*

Sally comes to her table.

Sally: Would you like another Coke?

Jenny: (now that her mother is gone she is far more relaxed and polite) Yes, please. *(to Kate)* I'm really sorry about that. My mum is always saying things like that. I don't know how many times I've asked her to stop **praising** me in public. I'm just a normal girl, but she thinks I'm some kind of **genius**.

Sally: Maybe you should **give her a taste of her own medicine**.

relief Erleichterung
to praise loben
genius Genie
to give sb a taste of their own medicine es jdm mit gleicher Münze heimzahlen
to wink zwinkern
uncertain unsicher

Jenny: What do you mean?

Kate: I think she means that your mother must have a lot of talents that should be praised, too. (**winks)**

Jenny: Ah, I see.

Mrs Smith returns, putting her mobile phone back into her handbag. She sits down again.

Mrs Smith: Where was I? Oh yes, Jenny's cooking skills.

Jenny: (interrupts her, a little ***uncertain*** *at first)*

But it was you who taught me all this, Mum. *(to Kate)* If my mum had a restaurant, she'd get three stars. Her crème brulée is amazing. *(smiles uncertainly)*

Kate: *(**encouraging** her to go on)* Ah yes, French food, my favourite.

Jenny: And her lasagne is **to die for**.

Kate: *(to Mrs Smith, pretending to be amazed)* So you**'ve mastered** Italian cooking, too. What else? Chinese? Indian?

Mrs Smith: *(with false modesty)* A bit of curry here, a bit of rice there, nothing spectacular.

Jenny: *(to Kate, starting to enjoy the game)* I **inherited** my musical talent from Mum, too. She plays the piano and the guitar.

Mrs Smith: Oh, but not very well.

Jenny: No, Mum, don't be modest, you're brilliant. And she sings like an angel. *(to Mrs Smith)* Why don't you sing for us, Mum?

Mrs Smith: *(**blushes**)* Jenny really, we're not at home. I can't sing in public.

Jenny: Don't be shy. We'd all love to hear you sing, wouldn't we?

Sally, Bob and Kate cheer.

Mrs Smith: *(begins to realize **what's going on**)* Look, Jenny, I really don't want to ...

Jenny: *(interrupts her)* I'm so proud of you, Mum. I want all the world to know how talented you are.

to encourage ermutigen
to die for zum Sterben gut
to master beherrschen
to inherit erben
to blush erröten
what's going on was los ist

Mrs Smith: All right, all right, I understand. I promise I won't ask you to tap dance for other people again.

Jenny: Good. And no more praising my cooking, or anything else, okay?

Mrs Smith: (sighs) Okay. I promise. *(Pause – shyly)* Is my crème brulée really a dream?

Jenny: (grins) Yeah, Mum. It's the best.

Am Ende wird die Rolle doch noch ganz schön textlastig, aber immerhin muss ich an keiner Stelle mit dem Po wackeln, das ist auch schon etwas wert.

To Party or Not to Party

Wenn man Nina und Lissy Glauben schenken darf, dann habe ich von jetzt an leichtes Spiel. Es ist Samstagabend und wir hocken bei Nina auf dem Boden um einen riesigen Teller Schokokekse.

"All you need is some time with him alone", sagt Lissy. "That's the way it worked with me and Alex. We're both shy but that didn't stop us. The first kiss was like an explosion of **happiness**."

Nina grinst. "A what?"

"She's talking like that", erkläre ich, "because she's been reading too many **trashy novels**. But **that's not the point**. The question is: what do I have to do to make Stephan kiss me?"

Lissy beißt krachend in einen Keks. "You said he kissed you every day in kindergarten. All you have to do is **pick up where you left off**."

happiness Glück
trashy novel Schundroman
That's not the point. Darum geht es gar nicht.
to pick up where one left off da weitermachen, wo man aufgehört hat
shin Schienbein
to make up for sth etw wieder gutmachen

Ich erinnere mich an den letzten Kuss, gegen den ich mich recht heftig zur Wehr gesetzt habe, weil mir das Geschlabber echt zu viel geworden war. "Not a good idea. The last time he kissed me I kicked his **shin**."

Nina meint: "Then you could apologize and say you want to **make up for** it. And then you kiss him."

"As if it were that easy! I can't just kiss a boy. I tried

with Robin and it didn't work at all. There was no romance in it." Ich seufze. Warum ist plötzlich alles so schwierig? "If someone had asked me two months ago what I'd do if I knew that my dream boy liked me too, I'd have said it was easy. And now I can hardly imagine looking at him. It's all so **daunting**. Why is that?"

daunting
beängstigend
to snog
knutschen

Nina zuckt mit den Schultern. "Maybe it's easier to **snog** a boy at a party. Weil diese Art Verhalten dort sowieso erwartet wird. Es gehört sozusagen zu einer Party dazu, dass man herumknutscht, notfalls auch ganz unverbindlich, ohne dass es einem am nächsten Tag peinlich sein muss. Wenn du magst, frage ich Mami, ob wir für dich eine Party schmeißen können. Sorry Lissy, talking in English all the time isn't easy for me."

"Keine Sorge, ich verstehe dich schon", sagt Lissy.

"So, Lissy, you say I need time with Stephan alone", fasse ich zusammen, "and Nina, you say I need a party. That's the exact opposite. So which is it?"

"How about a party just for the two of you?", schlägt Lissy vor.

"So was nennt man ein Candlelight-Dinner", sagt Nina. "Das ist viel zu verkrampft. Die beiden brauchen eine ungezwungene Atmosphäre."

"How about a party at the animal shelter, with dogs instead of guests?"

Wenn ich Lissy nicht besser kennen würde, müsste ich ihr unterstellen, dass sie mich verarschen will. Wahrscheinlicher ist, dass sie durch ihr Frischverliebtsein den Bezug zur Realität verloren hat. Soll vorkommen.

"I know what I'll do", sage ich, um das Thema zu beenden, bevor die Vorschläge noch verrückter werden. "I'll invite him to a party with Spitfire and Greased Lightning."

Am Sonntag kommt Alex zu Besuch. Anstatt rücksichtsvoll das Feld zu räumen, bleibe ich erst mal im Zimmer, in der Hoffnung auf ein bisschen Anschauungsunterricht. Schon nach wenigen Minuten komme ich mir vor wie in einer dieser Shows, wo jemand vorführt, dass er Gedanken lesen kann. Lissy und Alex wechseln kaum Worte, dafür jede Menge Blicke, die alles zu sagen scheinen. Ein paar Blicke treffen auch mich und die sagen ganz unmissverständlich: Paula, you're in the way.
Also gehe ich ins Wohnzimmer, wo Kevin und Benny sich wild kämpfend auf dem Boden wälzen.
Kevin richtet sich keuchend auf. "Unser Kleiner wird immer stärker. Bald macht er mich platt."
"Ja, danz platt", freut sich Benny.
"Wie läuft's mit Frauke?", erkundige ich mich. Da ich eine Woche nicht in der Schule war, muss ich erst mal wieder auf den neuesten Stand kommen.
"Oh, bei der war ich nicht schnell genug. Die geht seit vorgestern mit einem anderen. Enzo."
Ich falle aus allen Wolken. "Wie bitte? Mit Enzo, dem Schnellpisser?"
"Nach seinen Pinkelgewohnheiten habe ich mich nicht erkundigt", sagt Kevin trocken und läutet eine neue Ringrunde mit Benny ein.
Ich ziehe mich nachdenklich zurück. Was, wenn ich

bei Stephan auch zu langsam bin und er inzwischen eine andere hat? Ach, ist Verliebtsein kompliziert! *Romantik* ist eigentlich nur ein anderes Wort für *totales Chaos und hoffnungslose Gefühlsverknotung*.
Ich bin so in Gedanken, dass ich ganz vergesse, dass Lissy Besuch hat. Ich komme einfach so ins Zimmer – und ertappe die beiden eng umschlungen in halb sitzender, halb liegender Position auf dem Sitzsack. Sie haben mich nicht bemerkt, denn sie küssen sich mit geschlossenen Augen. Wie hypnotisiert starre ich auf die Lippen- und Zungenakrobatik der beiden. Alex' Hände wühlen in Lissys langen Haaren. Ihre Hände fummeln wild in seinem Nacken herum.
Ich schließe lautlos die Tür und lehne mich an die Wand im Flur. Eins muss man Lissy lassen: Sie lernt schnell.

The last dance

Nächste Woche schreiben wir drei Tests. Da ich in letzter Zeit einige Arbeiten verhauen habe, besteht Mummy darauf, dass ich jeden Tag nach den Hausaufgaben noch zwei Stunden zusätzlich büffle. Ich überlege, ob ich es mit Meuterei versuchen und mein schlechtes Benehmen auf die Pubertät schieben soll. Aber wie ich Mummy kenne, macht sie dann aus den zwei Stunden drei. Sie hat alle Erziehungsratgeber gelesen, die sie in Dads Arbeitszimmer fand, bevor ich sie orten und vernichten konnte.

So bleibt mir vor lauter Lernerei keine Zeit, Stephan zu besuchen. Noch nie habe ich den Freitag so sehr herbeigesehnt.

Und was passiert? Nichts! Er taucht einfach nicht auf. Ich kämpfe mich stotternd durch meine Rolle als wortkarger Teenager und ernte dafür völlig unberechtigtes Lob. Janice glaubt wirklich, dass ich gelernt habe, 'meine Rollen zu leben', dabei ist es reiner Zufall, dass ich gerade in der passenden Stimmung bin.

Kim macht sich prächtig als Mrs Smith. Jedenfalls lachen alle anderen sich tot, während ich nicht mal müde grinsen kann, weil ich in Gedanken weit, weit weg bin. Warum kommt Stephan nicht? Liebt er mich nicht mehr? Ist es ihm peinlich, dass er mir das Bild geschenkt hat? Hat ihn im Tierheim ein Hund gefressen?

Am Ende verteilt Janice die letzten Blätter. "Okay, kids, we're almost finished. This is the last act. Robin, you'll be Mr Pierce. Lissy, you're Natalie Symes."

Act VI

Daniel has fallen asleep again with his head on his arms.

Kate has moved to table 2 and is talking cheerfully with Mrs Smith and Jenny in low voices.

Sally and Bob are talking over the counter. She's showing him a piece of paper.

straight direkt
exhausted erschöpft
to mix up verwechseln

Sally: The lady gave me her recipe for crème brulée. We'll make it for tomorrow's special, shall we?

Bob: Sounds good. How about adding caviare and champagne to the menu?

Sally: (laughs) I don't think that would go with my new hunting theme.

The bistro door opens. Dr. Natalie Symes enters. She walks **straight** *to table 1 and sits down with an* **exhausted** *sigh.*

Sally comes to her table and sits down next to her.

Sally: Natalie, you look terrible. What happened? *(to Bob, who is behind the counter)* Could you bring Dr. Symes a cup of tea, please? I think she needs it.

Natalie: Sally, the worst thing that can possibly happen to a doctor happened to me today. The lab called to let me know that they **had mixed up** the results of two of my patients.

But I had already told both of them the diagnosis.

Sally: You mean, you told both of them the wrong diagnosis?

Bob serves Natalie a cup of tea, then goes back behind the counter.

Natalie: Thanks, Bob. *(to Sally)* Yes. What a terrible mess.

Sally: It wasn't your fault. You can explain that the lab made the mistake.

Natalie: It's not that easy. One of the patients is choleric. When I told him his **fairly harmless** diagnosis, he **hit the roof**.

Sally: *(laughs)* Sorry, I know it's not funny. Let me guess, he wanted to sue you, and he called you a quack.

Natalie: Right! How did you guess? It was horrible. He really screamed at me. He seems to think **it's shameful** to be ill. I tried to tell him that there was nothing much wrong with him. All he had to do was take the medicine for two weeks, and he'd be fine. He **tore up** the **prescription**, slammed the door and left.

fairly ziemlich
harmless harmlos
to hit the roof an die Decke gehen
It's shameful. Es ist eine Schande.
to tear (tore, torn) up zerreißen
prescription Rezept

Sally: *(grinning)* Well, he was right. He doesn't have the disease you told him he had.

Natalie: That's true. But when I tell him the real diagnosis, he'll go completely mad. I'm really worried about it.

Sally: Why?

to need an operation operiert werden müssen
to take the afternoon off sich den Nachmittag frei nehmen
mysterious geheimnisvoll
Well done. Gut gemacht.
to signal signalisieren
unfortunately leider

Natalie: Because he's actually very sick, and he's going to **need an operation**.
Sally: *(to Bob)* I think I need a cup of tea as well.
Natalie: *(drinks)* But right now I'm more worried about my other patient. He's a young man, and I've told him he's going to need a long, risky heart operation, when in fact he's not very sick at all.
Sally: You mean, you haven't had a chance to tell him the real diagnosis?
Natalie: I called him immediately, but his wife said he hadn't come home yet. She gave me his office number. His boss told me that he'**d taken the afternoon off**. I've no idea where to find him.

"Oh, now it's obvious", sagt Bela. "I know who the **mysterious** other patient is."
"**Well done**, 007", sagt Janice grinsend. "But please stop interrupting."

Bob serves Sally a cup of tea. Mrs Smith and Kate ***signal*** *to him that they want to pay. He brings them the bill and takes the money.*
Sally: Doesn't he have a mobile phone?
Natalie: No, **unfortunately** not. He must be absolutely desperate. He's still so young.

Sally turns her head and looks at Daniel.

Sally: A young, married man, you said? Does he have a little daughter?

Natalie: Yes, why do you ask?

Sally smiles, gets up and gently wakes Daniel.

Sally: Excuse me, sir, but I think your doctor has come to make a **house call**.

Natalie turns her head and ***recognizes*** Daniel. She stands up and goes to table 3. Daniel gets up as well, a confused look on his face.

Natalie: (***spreading*** her arms) There you are, Mr Walker! I've been looking for you everywhere. I have fantastic news. The lab made a mistake. You're not going to need an operation after all.

Daniel: (***blinking*** confusedly) Are you sure?

Natalie: Absolutely. In two weeks you'll be fine again.

Daniel suddenly grins, then hugs Natalie.

Daniel: Oh, this is wonderful! Thank you.

He hugs Sally, too.

Mrs Smith, Jenny and Kate Plims get up to leave.

Daniel: Right now I could hug the whole world! Who wants to dance with me?

Das sollte eigentlich glücklich und selig rüberkommen, aber so wie Alex es liest, könnte man meinen, jemand hätte ihn gerade in die ewige Verdammnis geschickt.

house call Hausbesuch
to recognize erkennen
to spread ausbreiten
to blink blinzeln

Mrs Smith: Why don't you dance with my daughter? She's very talented.

Jenny: Mum!

Daniel grabs Jenny by the ***waist*** *and* ***whirls*** *her* ***round*** *all the tables.*

waist Taille
to whirl round herumwirbeln
carnival Karneval
sex Geschlecht

The End

"I can't dance", beklagt sich Alex. "I need a stunt double for that scene."

"I have some homework for you", sagt Janice in die Runde. "Maybe this will finally loosen you up, Alex. Next time, I want you all to come in disguise."

"Can I come as a princess?", fragt Verena.

"No, I don't mean a **carnival** disguise. Just come as someone you know, or as a person of a different **sex** or age."

Schade. Ich hätte mich so gern als stolze Piratin verkleidet.

A HEART OF GOLD

Der eisige Wind peitscht mir eine fiese Mischung aus Schnee und Regen ins Gesicht, als ich mich am Montag auf den Weg zum Tierheim mache. Bei dem Wetter sollte man höchstens Eisbären oder Pinguine ausführen, keine armen Hunde und schon gar keine Rekonvaleszenten – sprich: jemanden wie mich, der sich gerade erst von einem Infekt erholt. Das ruft Mummy mir jedenfalls nach. Sie weiß ja nicht, zu was für Opfern man aus Liebe fähig ist.

So vermummt, wie ich bin, kann Stephan mich jedenfalls nicht küssen, ohne vorher mehrere Lagen meines Wollschals abzuwickeln und den Kragen des Pullis runterzuklappen.

Um mir den Weg zum Tierheim nicht umsonst zu machen, gehe ich erst mal bei Stephan vorbei, wo seine Mutter mir tatsächlich sagt, dass er daheim geblieben ist.

“Oh, Mumienbesuch”, sagt er grinsend, als ich in sein Zimmer komme. Er hockt am Schreibtisch und zeichnet.

“Nein, Paulabesuch.” Ich packe mich aus, bis ich nur noch in Jeans und T-Shirt dastehe. “Ich wollte mich noch mal richtig bedanken für das Bild. Ich hab’s über meinem Schreibtisch gehängt. Und dann wollte ich mich entschuldigen für den Tritt.”

Stephan kaut auf dem Ende seines Buntstifts herum. “Welchen Tritt?”

“Na, der gegen dein Schienbein, als du mich geküsst hast.”
“Sag mal, hattest du irgendwelche Fieberfantasien?”
“Nein, ich erinnere mich noch ganz genau. Weißt du nicht mehr? An deinem letzten Tag im Kindergarten. Du hast mir einen eklig feuchten Schlabberkuss auf die Backe gedrückt und ich habe dich getreten. Daraufhin bist du heulend zu deiner Mami gerannt und ...” Ich halte erschrocken inne. Was rede ich da für Unfug? Ich will ihn doch erobern, nicht beleidigen.
“Ach, *der* Tritt. Den blauen Fleck habe ich heute noch.”
“Echt?”
“Quatsch, natürlich nicht. Außerdem hattest du völlig recht mit dem Tritt. Was ich damals abgezogen habe, war ja fast schon sexuelle Belästigung. Ich hoffe, du bist über das Trauma inzwischen hinweg.”
Leider verschlucke ich mich, weil von der Kälte meine Nase läuft, ich etwas zu heftig den Rotz hochziehe und alles in den Rachen kriege. Darum komme ich nicht dazu, die absolut megaschlagfertige Antwort zu geben, die mir in Bruchteilen von Sekunden eingefallen ist: ‘Nein, ich bin noch nicht so ganz drüber hinweg. Das Einzige, was mich heilen kann, ist ein Kuss von dir.’
Doch bevor ich zu Ende gehustet habe, reicht mir Stephan ein Taschentuch und sagt: “Am Freitag hab ich’s nicht mehr zur Probe geschafft, weil wir im Tierheim einen Notfall hatten.”
Ich schnäuze mich und setze mich auf die Kante des Schreibtisches, weil das Bett und der Boden mit Zeichnungen übersät sind. “Was ist passiert?”

“Eine Frau brachte eine völlig verstörte Katze. Ihr Mann hatte eine Lebendfalle aufgestellt, um einen Marder zu fangen, der ihm schon zweimal den Bremsschlauch durchgebissen hat. Als sie von der Arbeit kam, hörte sie ein klägliches Maunzen und hat die Katze in der Falle gefunden.”

“Ist es überhaupt erlaubt, Fallen aufzustellen?”

“Nicht im Wohngebiet und schon gar nicht ohne Jagdschein. Das gibt eine saftige Geldstrafe. Jedenfalls hat die Mieze sich nicht beruhigen wollen, darum habe ich mich zu ihr gesetzt und so lange mit ihr geredet, bis sie sich streicheln ließ, und dann habe ich sie gestreichelt, bis sie eingeschlafen ist.”

Wenn ich nicht längst in ihn verknallt wäre, wäre es spätestens jetzt um mich geschehen, denn Stephan hat nicht nur jede Menge innere Werte, sondern obendrein auch noch ein Herz aus Gold. “Hoffentlich findet sich ihr Besitzer.”

“Der hat sich schon gefunden. Ein junges Paar kam, als ich gerade gehen wollte, und war in Tränen aufgelöst vor Freude, Pythia wiederzuhaben.”

“Pythia? Was für ein schöner Name.”

“Ist auch eine sehr schöne Katze. Du sitzt gerade auf ihr.”

“Was?” Ich springe auf und sehe, dass ich auf einer Zeichnung saß, die eine schlafende schwarz-weiße Katze zeigt. Und wieder habe ich einen genialen Geistesblitz: Ich werde Stephan bitten, Portraits von Spitfire und Greased Lightning zu malen. Dazu muss er viele Stunden in meinem Zimmer verbringen. Wunderbar! “Du ...”

"Ich glaube, dein Handy brummt."
Ich verdrehe die Augen und ziehe das Handy aus der hinteren Jeanstasche. Verena hat mir eine SMS geschickt: "Diana ist weg. Hast du eine Ahnung, wo sie sein könnte?"
Ich seufze und schreibe zurück, dass ich gleich bei ihr bin und ihr suchen helfe. "Ich muss leider weg. Auch so eine Art Notfall. Bis Freitag."
Stephan hilft mir noch in meine mehrlagige Umhüllung, dann ziehe ich los.
Als Verena die Tür öffnet, hat sie ihr Handy am Ohr. "Ja, ich dich auch, Süßer." Sie beendet das Gespräch und strahlt mich an. "Das war Kim. Aber komm erst mal rein, bevor es dich wegweht."
Wieder geht die Auspackerei los. Dann gehen wir ins Wohnzimmer und hocken uns auf die Couch. "Wo hast du Diana das letzte Mal gesehen?"
"Das hat sich gerade erledigt", sagt Verena. "Mir ist wieder eingefallen, dass ich sie gestern zu Kim mitgenommen hatte."
"Was? Bei dem Wetter? Aber das vertragen die doch gar nicht."
"Stimmt. Sie war ziemlich durchweicht."
Mir wird ganz schlecht vor Sorge um das arme Tier. Wie konnte ich Verena diese zarten, kleinen Geschöpfe anvertrauen?
"Keine Sorge", sagt Verena. "Wir haben sie in den Trockner gesteckt, danach war sie wie neu."
"In den Trockner?!"
"Natürlich im Schongang bei niedriger Temperatur, damit sie nicht zu sehr zerzaust wird."

Ich kann nur noch kraftlos nicken.
“Jedenfalls hat Kim gerade angerufen und gesagt, Edda hätte sie in ihr Zimmer verschleppt. Sie durfte sogar bei ihr im Bett schlafen. Hoffentlich rückt sie sie wieder raus. Wir brauchen sie schließlich für die Aufführung.”
Jetzt reicht’s mir aber. “Man kann doch ein Meerschweinchen nicht mit ins Bett nehmen. Sie hätte es zerdrücken können. Und wozu brauchen wir für die Aufführung Meerschweinchen? Hab ich in der letzten Probe was verpasst?”
Verena lacht. Sie kugelt sich und jappst und schmeißt sich zuletzt auf den Boden. “Prrrr. Du bist zu komisch.” Sie reibt sich die Lachtränen aus den Augenwinkeln. “Hast du wirklich gedacht, ich hätte meine Meerschweinchenbabies bei dem Sauwetter zu Kim geschleppt? Also, echt jetzt, Paula.”
“Worum ging es denn sonst?”
“Na, um Diana, den ausgestopften Hund. Janice hat vorgeschlagen, dass wir als Diana, Hazel und Clara drei Plüschhunde verwenden. Robin und Bela haben jeder einen zu Hause, also brauchen wir nur noch einen dritten.”
Hoffentlich ist Verena nicht beleidigt, weil ich sie für eine Tierquälerin gehalten habe. Doch sie lacht schon wieder.
“Weißt du was, das war eben genauso ein Missverständnis wie im ersten Akt von *Sally’s Bistro*. Ist ein ganz schön realistisches Theaterstück, oder?”

What have we LEARNED?

Am Freitag bleiben Lissy und mir zwischen dem Mittagessen und der Probe gerade mal vierzig Minuten, um uns zu verkleiden. Lissy hat sich ein dunkelgrünes Business-Kostüm von Alex' Mutter geliehen. Sie steckt sich die Haare hoch, legt ein dezentes Make-up auf, und schon sieht sie aus wie eine Chefsekretärin.

"Amazing, you look ten years older and very elegant", bewundere ich ihre Aufmachung. "I chose the easiest disguise possible: a man. I look like a boy, anyway."

Ich trage ein Hemd von Kevin und einen Anzug mit Krawatte von Dad. Die Haare habe ich mit Gel zu einer Herrenfrisur geformt. Und als Krönung gibt es einen dunkelblonden Schnauzer, den Mummy manchmal trägt, wenn sie ins Krankenhaus geht, um die kleinen Patienten aufzumuntern. "What do you think?"

Lissy dreht sich um und sieht mich mit gerunzelter Stirn von oben bis unten an. "I'm sorry, but I have to say it doesn't work."

"I know the suit's too big."

"That's not the problem." Lissy nimmt mich an den Schultern und schiebt mich vor den Wandspiegel. "Look in the mirror. You'll be surprised."

boyish jungenhaft

Ich sehe absolut unmännlich aus. Geradezu feminin stehe ich da in Dads Nadelstreifenanzug. "Isn't that crazy? The more I try to look like a girl, the more **boyish** I look. And now I'm disguised

as a man – and I look like a girl disguised as a man. Even the moustache looks sexy!"
Ich kriege gar nicht genug von meinem Anblick. Durchs Theaterspielen lernt man sich selbst tatsächlich völlig neu kennen.
Mit warmen Jacken über unserer Verkleidung machen wir uns auf den Weg.
Vor der Aula steht breitbeinig ein bulliger, kleiner Typ in Lederjacke, mit fettigen Haaren und einer halb gerauchten Zigarette im Mundwinkel. "Ihr kommt da nicht rein", sagt er und kratzt sich im Schritt.
"Ist heute Oberstufendisco?", frage ich. "Und seit wann habt ihr einen Türsteher?"
Der bullige Kerl schnauzt: "Mach 'n Abgang, du Schnösel."
"He, so lasse ich nicht mit mir reden."
Eine Tussi schaut aus der Aula in den Gang. Sie ist grell geschminkt, trägt ein Push-up-Bustier, dazu einen Lackminirock, Netzstrümpfe und High Heels. Was geht denn hier ab?
"Wann kommen denn endlich die ganzen Spackos?", nuschelt sie Kaugummi kauend.
"In English, please", sagt der Türsteher.
"Janice?", frage ich ungläubig.
Sie grinst. "Yes, me, myself, I. It's fun not being recognized." Sie zwinkert der Tussi zu. "Isn't it, Frauke?"
Das ist Frauke? Ohne ihr Eulenaugen-Make-up habe ich sie doch tatsächlich nicht erkannt. Jetzt bin ich sehr gespannt, was für seltsame Gestalten noch auftauchen werden. Bela kommt als Nächster. Ich war sicher, er würde sich als James Bond verkleiden, aber

seine Bemalung zeigt eindeutig, dass er in eine Frauenrolle geschlüpft ist. Als er die Jacke auszieht, kommt ein T-Shirt zum Vorschein, auf dem steht: "My friends went to London and all I got was this **lousy** T-Shirt."

"You're me", sagt Janice begeistert. "What a fantastic idea. I'm **honoured**."

lousy lausig
honoured geehrt

Sie scheucht uns in die Aula, um die Neuankömmlinge mit ihrer "Du kommst hier nicht rein"-Nummer reinzulegen.

Kurz darauf gesellt sich ein Penner zu uns, den ich nur an seinen langen Wimpern als Robin erkenne. Seine Haare sind zerzaust und sein Gesicht gerötet – da musste wohl der Rougepinsel seiner Mutter herhalten. Er hat eine leere Wodkaflasche dabei, trägt einen schmutzigen Mantel, der ihm drei Nummern zu groß ist, und rülpst wie ein Weltmeister. Ein Glück, dass ich mein Interesse an Robin sowieso schon verloren habe.

Alex hat sich mit seiner Verkleidung so gut wie überhaupt keine Mühe gemacht. Er trägt um den Hals ein Schild: "I'm invisible."

"Kim's ill", sagt er, bevor er Lissy küsst.

"So I'll have to play his part", sagt Janice.

Na, das kann ja lustig werden, wenn Janice, als Türsteher verkleidet, die Rolle einer Mutter spielt, während ihre Tochter von einem als Mann verkleideten Mädchen dargestellt wird. Diese Probe wird bestimmt ein heilloses Durcheinander.

Schließlich kommt auch Verena – in einem bodenlangen weißen Kleid mit Schleier. "The dress belongs to my cousin – she got married last summer", sagt sie

zu Lissy und mir. “What do you think: will Kim like it? He promised to dress as a **bridegroom**.”
Lissy legt ihr einen Arm um die Schulter. “I’m afraid he’s **jilted** the bride. He’s not coming. He’s ill.”
Mir kommen Zweifel, ob er wirklich krank ist. Vielleicht hat er nur keine Lust, den Bräutigam zu spielen. Wie peinlich! Verena ist ganz schön naiv.
Janice möchte, dass wir uns auf die Stühle fürs Publikum setzen. “Our warm-up today”, sagt sie von der Bühne herunter, “is a simple question: what have you learned in this drama group so far? What **experience have** you **gained** from it?”
Lissy meldet sich. Sie, die sonst immer versucht, sich noch hinter dem letzten Grashalm zu verstecken, macht freiwillig den Anfang. Ist denn das zu fassen? Damit ist bereits klar, was sie hier gelernt hat.
“Acting”, sagt Lissy, ihre Worte sorgfältig abwägend, “is like taking something soft in your hands and **shaping** it. Whenever I say a line, I’m adding details to its shape and meaning.” Ein Hauch von Röte zieht sich über ihr Gesicht. “Oh, and on top of that I fell in love and I’m not as shy as I used to be.”
“I see.” Janice nickt anerkennend. “You really made the most of it. How about you, Bela?”
“I learned that I was born to be on stage. That’s where I belong. Or, even better, in front of a camera. In ten years, when they need a new James Bond, I’ll be waiting.” Er verbeugt sich grinsend und setzt sich wieder.

bridegroom Bräutigam
to jilt sb jdn sitzen lassen
to gain experience Erfahrung sammeln
to shape formen

Frauke fasst sich kurz. "I learned what I already knew. That I'm a very talented actress." Nun ja. Zumindest hat ihr Selbstbewusstsein hier nicht gelitten.
Verena, die hundertmal talentierter als Frauke ist, meint bescheiden: "Joining the drama group made my life a lot richer. I met Kim, which is fantastic, and Paula gave me two sweet little guinea pigs."
Damit richten sich alle Augen auf mich und ich zermartere mir das Hirn, was ich in diesem Kurs gelernt habe, außer dass selbst so ein untalentiertes Huhn wie ich manchmal ein Korn findet. "I learned to trust my intuition", sage ich. Das passt irgendwie immer.
"Me, too", sagt Robin. "I also learned to trust my intuition, and my voice. I'm not scared of stammering any more."

to get sth over with etw hinter sich bringen
to quit aufhören

Alex sagt nichts. Lange sitzt er nur da mit seinem "I'm invisible"-Schild um den Hals und hält sich vielleicht wirklich für unsichtbar.
"Is there a problem, Alex?", fragt Janice.
Er nickt.
"Let's hear it."
"You won't like it."
"Then let's **get it over with**."
"I don't like being in this group. I can't act at all. I want to **quit**."
"But you can't!", ruft Verena. "We need you."
"I'll ruin the play", sagt Alex.
"If you quit you'll ruin it even more." Verena zieht sich ihren Brautschleier vors Gesicht, verschränkt die Arme und schmollt.

Von allen Seiten hagelt es Vorwürfe auf Alex, bis Janice dazwischen geht. “It’s his decision and we have to **accept** it, even if we don’t like it. We’ll find a solution. Alex, thanks for doing your best. I’ll act your part until we find someone else.”

“How about Kevin?”, fällt mir ein, nicht ganz ohne Hintergedanken. Wenn er mitspielt, kann er nicht filmen.

to accept
akzeptieren

“We’ll see”, sagt Janice. “Come on, let’s start.”

Ziemlich gebremst beginnen wir mit dem sechsten Akt, doch bald schon gibt es die ersten Lacher, weil Verena in ihrem Brautkleid eine sehr unbeholfene Kellnerin abgibt. Dann taucht ein Problem auf: Janice spielt heute zwei Rollen: die von Kim und die von Alex. Sie hastet zwischen den Tischen hin und her, bis sie ganz außer Puste ist.

Am Ende sind wir so ausgelassen wie noch nie. Stephan, der wie immer ganz am Schluss dazukommt, macht schnell ein paar Skizzen von dem Durcheinander. “Maybe I can use some of these drawings for the poster.”

Stephan malt nicht nur den Bühnenhintergrund, sondern gestaltet auch das Plakat, mit dem wir für unsere Vorstellung Werbung machen werden. Ich bin sehr stolz auf ihn, schließlich habe ich ihn entdeckt! So gesehen habe ich ein Recht darauf, ihn zu küssen, und zwar jetzt sofort. Ich springe von der Bühne und packe den Stier bei den Hörnern, das heißt: Ich packe Stephan an den Schultern, stelle mich auf die Zehenspitzen und drücke ihm einen innigen Kuss auf den Mund. Dabei merke ich, dass der Schnauzer noch

unter meiner Nase klebt. Schnell lasse ich Stephan los. “Sorry, I forgot to shave”, murmle ich in einem verzweifelten Versuch, die Situation zu retten.
“War das deine Rache für die vielen Schlabberküsse, die ich dir im Kindergarten aufgenötigt habe?”
Bevor ich etwas halbwegs Originelles erwidern kann, kommt der Hausmeister, der mit Stephan an der Kulisse weiterbauen will.
Bedröppelt stehe ich da. Erst ein Brokkoli-Kuss, jetzt ein Bart-Kuss. Wie tief werde ich noch sinken?

PATIENCE Is a Virtue

Die nächsten Wochen sind Hektik pur. Wir müssen Requisiten auftreiben, in den Kleiderschränken unserer Eltern und Großeltern, Tanten und Onkels unsere Kostüme zusammensuchen und unsere Rollen lernen, bis sie sitzen. Außerdem fällt sämtlichen Lehrern plötzlich ein, dass wir vor den Ferien dringend noch jede Menge Klassenarbeiten schreiben sollten.

patience Geduld
virtue Tugend

Also büffle ich, bis mir der Kopf raucht, und probiere Klamotten an, bis ich nicht mehr weiß, ob ich Männlein oder Weiblein bin. Die Proben bringe ich irgendwie hinter mich, ohne vor Erschöpfung von der Bühne zu fallen. Improvisiert wird nicht mehr. Soll Robin alias Mr Hill seine Frau – also mich – doch anschreien, so viel er will. Ist mir schnuppe.

Ich vergehe vor Sehnsucht danach, mich in Stephans Arme zu werfen, aber nach der misslungenen Kussattacke traue ich mich nicht einmal mehr, ihm in die Augen zu sehen. Lissy, Verena und Nina überhäufen mich mit guten Ratschlägen, die sich zum größten Teil widersprechen. In meinen wenigen ungestörten Momenten bin ich sogar zu ausgepowert, um *Die stolze Piratin* zu Ende zu lesen.

Am Abend vor der Generalprobe knicke ich dann endgültig ein. Ich brauche Hilfe. Von Mummy habe ich mich in den letzten Tagen, so gut es ging, ferngehalten, weil sie mir sonst eklige Baldriantropfen zur Beruhigung aufdrängen würde und dazu stimmungsaufhellende Johanniskrautkapseln, die so groß sind, dass sich selbst ein Elefant daran verschlucken würde. Wenn mir jemand helfen kann, dann Dad.

Ich gehe zu ihm ins Büro, setze mich auf den Boden, stütze die Ellbogen auf die Bücherstapel rechts und links von mir und warte.

Dad schreibt einen Satz fertig, dann blickt er auf. "**Sweetheart**, you don't look happy."

"I hate school. I don't want to be an actress. I'm **totally burnt out**."

Dad legt den Stift beiseite und lehnt sich zurück. "But that's not the real problem", stellt er fest.

Er würde mich nie nach meinen Privatleben aushorchen, weil er Diskretion über alles schätzt und für eine Form von Respekt hält, wie er oft betont.

"You're right. The real problem is that my love life is a mess, and it's going nowhere."

Er nickt verständnisvoll. "I'm afraid it's my fault. I told you to show initiative if you wanted to make something happen. I told you never to give up. What I forgot to tell you is that sometimes the best way to **achieve your goal** is to **let go** and trust that things will **work out**."

Das klingt verlockend und so entspannend wie langes Ausschlafen.

"And how do I do that?"

"It's a **mental state**. You have to be optimistic without expecting anything."

sweetheart Schatz
totally total
burnt out ausgebrannt
to achieve one's goal sein Ziel erreichen
to let go loslassen
to work out gut gehen
mental geistig
state Zustand

Das erinnert mich an einen Spruch, den ich mal irgendwo gelesen und mir gemerkt habe. “Geduld ist der zuversichtliche Umgang mit der Zeit”, zitiere ich. Dad notiert sich das sofort. “Very wise. Thank you.” Grinsend stehe ich auf und drücke ihm einen Kuss auf den Kopf. Dad ist so süß. “No, it’s me who should say thank you. I’ll be **patient**, I’ll trust life and I’ll let go like no one has ever done before.”

“Good luck, sweetheart.”

patient geduldig

What's going on?

"Success makes you sexy" steht auf dem T-Shirt, das Janice trägt, als sie vor der Generalprobe an der geschlossenen Aulatür auf uns wartet.
"Dieses Shirt hat sie sonst immer bei Klassenarbeiten an", flüstert Kevin mir zu. "Um ihre Schüler zu motivieren." Er hat in der einen Hand den Koffer, in dem Lissy und ich unsere Verkleidungen verstaut haben, in der anderen die Kamera.
"Dann passt das heute ja prima." Ich versuche, Geduld und Zuversicht auszustrahlen.
"Stephan and the Hausmeister are still busy preparing the stage", sagt Janice augenzwinkernd. "Nobody can go in until they're ready."
Auch sie nennt den Hausmeister einfach Hausmeister. Keiner außer dem Rektor weiß, wie er richtig heißt, denn er besteht darauf, mit Hausmeister angesprochen zu werden, als wäre es ein Adelstitel.

ringtone Klingelton

Nach und nach trudeln alle ein. Alex begrüßt Lissy mit einem Kuss, dann klappt er sein Handy auf. "Listen, this is my new **ringtone**. I recorded it yesterday."
Das Handy krächzt: "I love Lissy."
"Sweet", meint Lissy. "But why is your voice so funny?"
"That wasn't me. That was our parrot. It's the first thing I managed to teach him to say."

"Now that he can talk you have to give him a name." Es hagelt Vorschläge. Alex entscheidet sich für Loro. Endlich geht die Tür auf und der Hausmeister streckt seinen Kopf heraus. "Wir wären dann so weit."
Geradezu feierlich betreten wir den dunklen Zuschauerraum. Die Bühne erstrahlt im Scheinwerferlicht und sieht phänomenal aus. Wie ein echtes Bistro. Alles ist da: die vier runden Tische, die Theke, die gemalten Hintergründe, die die Rückfront mit dem Schaufenster und die Regale mit Gläsern und Flaschen darstellen. Jetzt öffnet sich die Tür zum Bistro und ein Mann mit kurzen, blonden Haaren tritt ein. Er geht gebeugt, mit müdem Schritt. Sein Anzug ist zerknittert, seine Knie sind wackelig. Als er sich seufzend an den Tisch hinten links setzt – Tisch 3 – wissen wir, dass Janice einen Ersatz für Alex gefunden hat.
"What a fantastic job", lobt Janice den Hausmeister. "It's amazing. We're all **dying to** start the dress rehearsal, aren't we?"

to be dying to do sth darauf brennen, etw zu tun

Zustimmendes Gemurmel, dazwischen ein paar Begeisterungsjuchzer. Wir folgen Janice hinter die Bühne, wo durch Stellwände zwei provisorische Umkleideräume entstanden sind, einer für die Jungs, einer für Lissy, Verena, Frauke und mich.
Hier steht ein fahrbarer Kleiderständer mit leeren Bügeln, der aus dem Second-Hand-Laden von Robins Tante stammt. Es gibt zwei Stühle, einen Schminktisch mit Spiegel und haufenweise Schminkzeug, das Frauke spendiert hat. Ihre Mutter hat einen Kosmetiksalon.

Das Beste sind die Perücken. Ganze Berge davon. Janice hat sie dem Theater abgeschwatzt, leihweise. Neben dem Spiegel hängen Listen, auf denen Janice für jeden von uns notiert hat, wann welche Verkleidung dran ist. Meine Liste sieht so aus:

Paula
Act I – a woman in the background
Suit and blouse. Flat shoes. No make-up. Short brown **wig**.
Act II – Heather
Jeans and T-shirt. **Trainers**. Light make-up. No wig.
Act III – no role
Act IV – Mrs Hill
Old-fashioned skirt and blouse. **Sensible** shoes. Make-up: **wrinkles**. Grey, curly wig.
Act V and VI – Jenny
Black jeans and a short black T-shirt. Trainers. Black eyeliner. Long black wig.

Zwischen den Umkleideräumen steht ein Tisch, auf dem weitere Requisiten liegen: der Schirm mit dem Schmuck, die Plüschhunde, Handschellen und noch einiges mehr. Hier darf Alex sich nützlich machen. Janice reicht ihm ein Blatt. "This is a list of when which props are needed. It's your job to make sure you give everything to the right person at the right time."
Mit dieser Aufgabe ist Alex sicher sehr zufrieden, weil er dabei nicht zu reden braucht.

wig Perücke
Trainers Sportschuhe
old-fashioned altmodisch
sensible praktisch
wrinkle Falte

Janice lässt uns erst mal alle die Bühne abschreiten, damit wir uns an die Beleuchtung gewöhnen und daran, wie die Tische und Stühle jetzt stehen.
Der Junge, der Daniel Walker spielt, sitzt wie eine Wachsfigur an seinem Tisch. Sein Gesicht ist aschfahl und mit grauen Linien durchzogen. Er sieht aus wie sein eigener Tod. Mit versteinerter Miene beobachtet er uns. In welchem Gruselkabinett hat Janice den denn aufgegabelt?
Ich kneife die Augen zusammen und schaue ins Publikum. Der Hausmeister und Kevin sitzen in der ersten Reihe. Von Stephan keine Spur. Baut alles auf und haut einfach ab! Wahrscheinlich ist er zu bescheiden, um sich loben zu lassen.
Janice schaut auf ihre Armbanduhr. "It's three o'clock. If we start now, we should be able to finish the play by five. The premiere tomorrow will be faster, of course, because the **scene changes** will be shorter – you'll know how to get in and out of your costumes more quickly."

scene change
Szenenwechsel

Janice setzt sich neben den Hausmeister ins Publikum. Ohne sie kommen wir uns zunächst völlig verlassen vor, doch dann setzen wir uns in Bewegung und machen uns für den ersten Akt fertig.
Bei mir geht es am schnellsten, weil ich mich nicht so aufwendig herrichten muss. Ich gehe in den Zwischenbereich, wo Alex gelangweilt die Requisiten sortiert, und werfe einen Blick um die Stellwand herum in den Umkleideraum der Jungs. Robin, in Anzug und Krawatte, kommt raus und schiebt mich in eine dunkle Ecke. "D-d-du m-m-musst mir h-h-helfen."

"Du stotterst ja wieder!"
"D-das ist d-die Nervosit-t-tät."
"Und wie kann ich dir helfen? Soll ich dir etwas von meiner Ruhe und Zuversicht abgeben?"
"Nein, einen K-k-kuss."
"Das hilft?"
"G-garantiert."
Bilde ich es mir ein, oder unterdrückt er krampfhaft ein Grinsen? Egal. Ich schaue in seine lang bewimperten Augen und hauche ihm einen Kuss auf die Lippen. Robin schmeckt heute zwar nicht nach Brokkoli, aber auch wieder irgendwie grün. "Was gab's bei euch heute Mittag?"
"Spinat."
Ich verziehe das Gesicht. Grünzeug-Küsse sind nicht mein Ding.
"Hör mal, ich rede wieder einwandfrei", freut sich Robin. "Deine Küsse sind pure Magie."
"Deine sind nur was für Vegetarier."
"Hä?"
"Wo bleibt ihr?", fragt Verena. "Ihr müsst zu Beginn des Akts an eurem Tisch sitzen."
Zwei Minuten später geht es los. Verena nimmt ihre Position ein, während Bela sich hinter seiner Theke schon so zu Hause fühlt, dass er mit den Gläsern jongliert, anstatt sie zu polieren.
Die Tür geht auf und Frauke und Lissy erscheinen. Ich kann nicht anders, ich pruste los. Als ältere Damen, grauhaarig und schmuckbehangen, in unmodischen Kostümen, sehen die beiden zum Schießen aus. Dann lässt Bela ein Glas fallen. Das laute Klirren und sein

anschließendes Fluchen bringen mich wieder zur Vernunft.
"Ich wollte dir schon den Mund zuhalten", flüstert Robin.
"We're supposed to talk in English in low voices", erinnere ich ihn. Das hatte Janice uns in der letzten Probe gesagt, als wir die ersten drei Akte wiederholt haben. Auf der Bühne wird ausschließlich englisch gesprochen, sonst gibt es ein Klangkuddelmuddel.
Die Stelle, wo er sich vom Stuhl fallen lassen muss, klappt hervorragend, wenn man davon absieht, dass er den Tisch dabei mit umwirft. Ich kann gerade noch die Salz- und Pfefferstreuer retten.
Bela stellt den Tisch wieder auf, Verena hilft Robin hoch. Das Stück geht weiter. Der bleiche Junge am Nebentisch grinst in seine Teetasse. Bestimmt ist er ein Profi-Schauspieler, den Janice bei den Kammerspielen ausgeliehen hat, und amüsiert sich prächtig über unser chaotisches Laientheater.
Janice und der Hausmeister spenden am Ende des Akts verhalten Applaus.
Hinter der Bühne geht es zu wie bei einer Modenschau: umziehen, umschminken, umfrisieren.
Ich muss zwischendurch dringend auf die Toilette. Auf dem Gang treffe ich Bela.
"Hallo, Süße." Er packt mich um die Hüfte. "Willst du mein Bond-Girl sein?"
"Vielleicht in einem späteren Leben." Ich flüchte ins Damenklo. Als ich fertig bin, ist Bela zum Glück weg. Der Akt hat bereits begonnen. Ich stehe hinter der Bühne und warte auf mein Stichwort: Tiger007. Dann

betrete ich das Bistro. Ich schaue mich um, plötzlich ganz unsicher. Das passt zu meiner Rolle, schließlich schaut Heather sich ja nach ihrem Date um. Der Text geht mir nicht so flüssig von der Zunge wie bei den Proben, weil mich die Beleuchtung irritiert und die Verkleidungen. Am Ende des Aktes, als ich schon denke, ich habe es endlich hinter mir, passiert mir noch ein Malheur: Ich piekse mich an der Rose. "Autsch, Mist, verdammter. Upps, ich meinte: Ouch, shit." Schließlich soll alles in Englisch sein, auch was nicht im Textbuch steht.

Aus dem Zuschauerraum höre ich Janice lachen. Ich stecke den blutenden Finger in den Mund und verziehe mich schnell in den Umkleideraum. Gut, dass ich im nächsten Akt keine Rolle habe. So habe ich Zeit, mich ohne jede Hektik in Mrs Hill zu verwandeln. Ich habe diese selbstbeherrschte Person inzwischen richtig lieb gewonnen.

Der vierte Akt wird mein Triumph. Ich kriege einen Szenenapplaus nach dem anderen, ein Erfolgserlebnis, das ich bitter nötig habe.

Im Umkleideraum geht es jetzt hektisch zu. Die Kostüme landen auf dem Boden statt auf dem Kleiderständer. Wir streiten ums Make-up. Die Perücken verknoten sich ineinander. Irgendwie schaffe ich es, mich in Jenny zu verwandeln, den mürrischen Teenager. Mit *mürrisch* ist es aber aus, als ich Kim sehe, der meine Mutter spielt. Er sieht entzückend aus. Viel zu grell geschminkt, im Designerkostüm mit hohen Schuhen. Er stützt sich auf meine Schulter. "Sonst kann ich keinen Schritt in den Dingern machen."

"Deine Stimme", sage ich.
"Oh, yes, right", säuselt er. "My lovely daughter. Is that better?"
"Wenn meine Mutter so reden würde, wäre ich schon ausgewandert." Schon stimmt mein mürrisches Gesicht wieder. Es ist gar nicht so schwer, sich in eine Rolle hineinzuleben.
"I'll be so glad when you're older and the worst is over", plappert Kim weiter. "**Adolescence** is a **curse,** if you ask me."
Auf der Bühne höre ich Verena sagen: "Poor Mrs Hill. Imagine being married to a man like him! It must be a nightmare."
"That's our cue." Ich schiebe den bedenklich schwankenden Kim vorwärts zur Bistrotür, durch die wir auftreten. "Try to walk alone."
Kim bleibt stehen, dreht sich zu mir um und meint grinsend: "Du siehst heute einfach zu Küssen aus."
Und schon passiert es. Sein mit Lippenstift zugekleisterter Mund pappt einen Kuss auf meine vor Staunen halb geöffneten Lippen.
Ob das die Wirkung meiner neuen Geduldsphilosophie ist?
In der Pause nach dem vorletzten Akt brauche ich mich nicht umzuziehen, denn ich bleibe Jenny. Ich setze mich zu Alex auf den inzwischen fast leeren Requisitentisch. "Na", frage ich keck. "Würdest du mich auch gerne küssen?"
"Ich habe Lissy gleich gesagt, dass du es durchschauen würdest", meint er.

adolescence Pubertät
curse Fluch

Wie, was durchschauen? “Klar”, sage ich und hoffe, dass er mir verrät, was los ist.
Er zuckt mit den Schultern. “Sie dachte halt, sie macht dir damit eine Freude.”
Die Erkenntnis trifft mich wie ein Donnerschlag. Ein abgekartetes Spiel! Lissy wollte als mein Lifestyle-Coach auch mal ein Erfolgserlebnis haben und hat Robin, Bela und Kim dazu angestiftet, mich zu küssen. Ich kann sie förmlich hören: “Poor Paula, nobody wants to kiss her.”
Wie peinlich. Wie absolut erbärmlich. Ich fühle mich wie tausend Jahre altes, verschimmeltes Brot. Am Boden zerstört nehme ich meinen Platz auf der Bühne wieder ein. Gut, dass ich im sechsten Akt fast keinen Text habe, da sich die Handlung um die Ärztin mit den vertauschten Diagnosen dreht, so kann ich vor mich hin starren und in aller Ruhe mit dem Schicksal hadern. Eins steht fest: Der Nächste, der mich zu küssen versucht, kriegt eine gescheuert.
“Oh, this is wonderful. Thank you”, sagt der Daniel-Typ, der soeben erfahren hat, dass er doch keine Herzoperation braucht.
Das ist unser Stichwort. Kim, Frauke und ich stehen auf.
“Right now I could hug the whole world!”, deklamiert er weiter. “Who wants to dance with me?”
An seinem Ohr blitzt etwas auf. Mensch, das ist gar kein Profi vom Theater. Das ist kein anderer als Stephan! Die Perücke und das Make-up haben ihn so verändert, dass mir nur der Ohrstecker verrät, wen ich da vor mir habe.

"Mum!", fällt mir noch ein, mein einziger Text in dieser Szene und auch der letzte Satz des Stücks, da hat Stephan mich schon gepackt und wirbelt mich herum – und küsst mich. Mitten auf der Bühne, mitten auf den Mund.
Tränen schießen mir in die Augen. Ich habe mich noch nie so gedemütigt gefühlt. Er küsst mich doch nur, weil Lissy ihn dazu überredet hat, wie die anderen auch. Nur aus Mitleid. Für einen Tritt gegens Schienbein reicht meine Kraft nicht mehr. Ich schiebe ihn von mir und stürze davon.
Niemand kriegt mich mehr auf diese Bühne, in die Nähe eines Jungen oder überhaupt noch mal in das Schulgebäude. Ich werde Mummy sagen, dass ich an einer noch völlig unerforschten, hochgradig ansteckenden Krankheit leide, und mich für den Rest meines Lebens in Quarantäne begeben.

"Hey, Paula, stop crying, please. I can't stand it." Lissy hat ihre Hand auf meine Schulter gelegt und rüttelt sie sanft. "Please let me explain."
Ich liege bäuchlings auf dem Bett, den Kopf tief ins Kissen vergraben. Dabei trage ich immer noch die schwarze Perücke und das Jenny-Outfit, denn ich habe mir nach meinem unrühmlichen Abgang nur noch schnell meine Jacke übergeworfen und bin sofort nach Hause gelaufen.
"Leave me alone", murmle ich ins Kissen. Es kommt als "Mrmph armph" heraus.
"Alex said", redet Lissy unbeirrt weiter, "that you saw through my plan. I hope you're not angry."

“Angry doesn't even begin to describe it”, vertraue ich dem Kissen an, das die Worte als “Ang drng brng” an Lissy weitergibt.
“Is there anything I can do to make you feel better?”
Ich hebe den Kopf und sehe sie an, soweit meine verquollenen Augen das zulassen. “Yes, you can bury me in a shoebox.” Ich lasse den Kopf zurückplumpsen und verweigere jede weitere Aus-sage.
Endlich gibt Lissy auf und geht. Ich warte noch eine Weile, dann schleiche ich ins Bad. Ich sehe grässlich aus. Verlaufenes Make-up, schief sitzende Perücke, rote Augen und dicke Nase. Ich würde ein prima Plakat für einen Gruselfilm abgeben.
Nach einer langen, heißen Dusche ziehe ich meinen kuscheligsten Schlafanzug an und bette meinen Kopf auf dem tränennassen Kissen. Es ist zwar erst früher Abend, aber ich habe nach den anstrengenden letzten Wochen viel Schlaf nachzuholen.

Let it snow

Widerwillig wache ich am Samstagmorgen auf und stelle fest, dass ich zwar ausgeruhter bin, aber immer noch kreuzunglücklich. Außerdem kommt eine weitere Komplikation dazu. Gestern war ich so damit beschäftigt, mir selbst leid zu tun, dass ich das eigentliche Problem gar nicht richtig wahrgenommen habe: Ich kann doch unmöglich heute bei der Aufführung mitmachen, nachdem ich mich gestern so bescheuert benommen habe. Aber noch weniger kann ich alle im Stich lassen. Was für eine Zwickmühle.

Ich lasse mir beide Möglichkeiten eine Weile durch den Kopf gehen, doch davon werden sie nicht besser. Gibt es denn keinen Ausweg? Könnte man die Vorstellung verschieben, bis ein Ersatz für mich gefunden ist? Könnte nicht ein Komet im Schulhof einschlagen und so viel Aufsehen erregen, dass niemand sich mehr für *Sally's Bistro* interessiert? Könnte mir nicht jemand zu Weihnachten eine Zeitmaschine schenken, mit der ich an den Anfang des Schuljahrs zurückreisen und meine verhängnisvolle Entscheidung, der Drama Group beizutreten, rückgängig machen kann?

to snow schneien

Plötzlich sitze ich senkrecht im Bett. Weihnachten! Das ist ja bald. Und ich habe noch kein einziges Geschenk. Für niemanden. Ich egoistisches Biest war so damit beschäftigt, mein eigenes Leben zu ruinieren, dass ich alle anderen völlig vergessen habe.

Ich stürze ins Bad, schrubbe mir die Zähne und schmeiße mich in irgendwelche Klamotten, denn ich habe einen begnadeten Einfall: Ich lasse T-Shirts bedrucken.
Für Mummy: "Wenn Sie eine ansteckende Krankheit haben, halten Sie bitte einen Sicherheitsabstand von 1 km ein. Danke."
Für Dad: "Diplomierter Sprücheklopfer."
Für Kevin: "Achtung: versteckte Kamera!"
Für Lissy: "My Lifestyle Coach is a genius." Jedenfalls habe ich Lissy besser gecoacht als sie mich.

sorrow Kummer
loneliness Einsamkeit

Auf Bennys Shirt kommt ein Foto von Spitfire und Greased Lightning.
Ich gehe in die Küche, wo ich einen Zettel von Mummy finde: "Wir sind alle zusammen einkaufen gegangen und kommen erst nachmittags wieder. Lissy wollte eigentlich nicht, dass wir dich allein lassen, aber James hat gesagt: 'Being alone is the perfect medicine for almost every kind of **sorrow**, except **loneliness**.'"
Das wäre auch ein netter Spruch für ein Shirt.
Ich schmiere mir ein Marmeladenbrot und trinke kalte Milch dazu.
Für Janice könnte ich auch ein Shirt bedrucken lassen. Dazu bräuchte ich den original Schriftzug von *Sally's Bistro*, den Stephan für die Plakate entworfen hat.
Stephan, hach! Warum hat nicht wenigstens er sich geweigert, als Lissy alle überredet hat, mich zu küssen?
Mitten im Kauen halte ich inne. Ja, warum hat er sich eigentlich nicht geweigert? Vielleicht war er froh, ei-

nen Vorwand zu haben, um mich zu küssen. Ich hätte nicht so heftig reagieren sollen.
Das Video, das Kevin gemacht hat, könnte mir jetzt helfen, Stephans Gesichtsausdruck zu analysieren. Ob er den Film schon auf DVD gebrannt hat? In seinem Zimmer kann ich nicht danach suchen, das wäre indiskret. Aber vielleicht waren Mummy und Dad gestern Abend neugierig auf die Generalprobe und er hat sie ihnen gezeigt. Ich gehe nachsehen und finde tatsächlich im Player eine säuberlich beschriftete DVD: *Sally's Bistro – Pleiten, Pech und Pannen*. Na, so schlimm war es doch nicht. Oder?

disaster
Katastrophe

Ich mache es mir auf der Couch gemütlich und lasse die DVD laufen. Sind das wirklich wir auf dem Bildschirm? Wir sehen alle so anders aus und benehmen uns ganz fremdartig. Ich bin fasziniert und bekomme richtig Lust, heute Abend wieder auf der Bühne zu stehen und es natürlich besser zu machen und nicht nach jedem zweiten Satz "Äh" zu sagen. Das war mir gar nicht bewusst.
Nach dem fünften Akt hat Kevin ein kurzes Interview mit Janice geführt. "What do you think of the dress rehearsal so far? Isn't it a **disaster**?"
"Not at all." Sie zwinkert in die Kamera. "The more that goes wrong in the dress rehearsal, the better the premiere will be."
Danach kommt der entscheidende letzte Akt. Ich warte auf den Moment, wo Stephan aufsteht. Seine Augen suchen mich. Er lächelt.
Ich gehe auf Standbild. Was ich in Stephans Gesicht

lese, ist eindeutig Vorfreude darauf, mich gleich in den Arm zu nehmen.
Mehr als widerstrebend schaue ich mir den Rest an. Dieser entsetzliche Augenblick, als ich Stephan wegstoße und hinter die Bühne renne. Alle stehen verdattert da. Stephan geht mir nach, zögert und kommt wieder auf die Bühne zurück.
"I'm really sorry", sagt er ins Publikum, wahrscheinlich zu Janice. "I should have known she'd **react** like this. She didn't like it when I kissed her in kindergarten. How could I be so stupid as to hope she'd changed her mind?"
Mit den Tränen, die mir plötzlich in die Augen schießen, könnte man in Rekordzeit ein Meerwasseraquarium füllen.
Der Film läuft weiter.
"I don't think she recognized you", meint Lissy. "**None of us** did until just now."
"Really?"
"Yes." Das ist Frauke. "You look totally different. And your voice sounded different, too, when you said your lines."
"Oh, of course." Stephan zieht sich die Perücke vom Kopf und kratzt sich hinter dem Ohr. "Janice gave me some acting lessons. We wanted to surprise you all. I'm such an idiot, I should have thought of that. Lissy, could you please explain to Paula?"
"Sure."
"Kevin, mach endlich die Kamera aus", kommt es von irgendwoher, dann ist der Film zu Ende.

to react reagieren
none of us niemand von uns

Stephan war also gar nicht eingeweiht in die allgemeine Kussorgie, denn Lissy hatte nicht mal gewusst, dass er es war, der Daniel spielte. Er hat mich wirklich aus freien Stücken geküsst, nicht aus Mitleid.
Was soll ich nur tun? Hingehen! Jetzt sofort, bevor ich den Mut verliere.
Es hat zu schneien begonnen. Große, zutrauliche Flocken schweben herab, als ich mich auf den Weg mache. Schon nach wenigen Minuten ist die Welt wie verzaubert. Wenn es noch eine Weile so weiterschneit, können Benny und Lissy heute bestimmt einen Schneemann bauen und Kevin wird sie dabei aufnehmen und den Film 'Bennys erster Schneemann' nennen.
Da kommt eine Erinnerung angeflogen wie ein Schneeball und trifft mich mitten in meine Gedanken. Es war irgendwann zwischen Weihnachten und Ostern, ein ganz normaler Vormittag im Kindergarten, bis wir raus durften, um im Schnee zu spielen. Wir machten Spuren und lieferten uns wilde Schneeballschlachten. Nur der Junge, den seine Eltern Stupsel nannten, beschäftigte sich lieber allein und baute einen Schneemann. Nach einer Weile hatte ich genug getobt und sah ihm zu. Er ließ mich Steine und Holzstücke suchen, mit denen er dem Schneemann ein lustiges Gesicht machte, das er mit geschickten Fingern zurechtmodellierte.
Da kam einer von den anderen Jungs, machte sich lustig und wollte nach dem Schneemann treten. Ich baute mich beschützend vor Stupsels Kunstwerk auf. "Wehe, du wagst es. Wehe!" Normalerweise hätte der

Junge mich einfach zur Seite geschubst, wie er es sonst immer tat, aber meine Drohung muss sehr ernst gewirkt haben, denn er zuckte die Schultern und trollte sich. Eine der Erzieherinnen hatte mitgekriegt, dass es beinahe Streit gegeben hätte, und kam nachsehen. Sie bewunderte Stupsels Werk und holte die Kamera, um Fotos davon zu schießen. “Du wirst mal ein richtiger Künstler”, hat sie zu ihm gesagt, und damit absolut recht behalten.

Als ich in Stephans Straße einbiege, sehe ich ihn schon von Weitem. Er läuft im Vorgarten auf und ab. Ich komme näher und stelle erstaunt fest, dass er barfuß ist. “Was soll das denn werden?”

Er grinst mich an. “Abhärtung.”

“Darf ich mitmachen?”

“Klar.”

Ich schlüpfe aus den Stiefeln und Socken und mache ein paar vorsichtige Schritte. Meine Fußsohlen ziehen sich zusammen vor Kälte, aber nach einer Weile schießt Hitze hinein, weil die Blutgefäße sich weiten.

Wir trampeln herum und singen dazu “Let It Snow” und “I'm Dreaming of a White Christmas”, bis wir unsere Füße vor Kälte nicht mehr spüren. Dann schnappen wir unsere Schuhe und gehen rein.

“Ui, das kribbelt.” Ich setze mich auf den Schreibtisch und massiere meine Zehen. “Sag mal, hast du noch ein Foto von dem Schneemann?”

Stephan runzelt kurz die Stirn, doch bevor ich erklären kann, welchen Schneemann ich meine, leuchten seine Augen auf. “Na klar.” Er zieht einen Ordner aus dem Regal. Anscheinend leidet er unter einer ähnlichen schlimmen Form von Aufheberitis wie Kevin. Nach kurzem Blättern reicht er mir den Ordner. "Hier ist es."

Ich betrachte das Foto, auf dem der kleine Stupsel und die kleine Paula rechts und links neben einem Schneemann stehen, der mit seinem Steinchen-Mund lächelt. Eine Welle von Wärme geht durch mich hindurch, ein Gefühl, als würde ich von innen gestreichelt werden.

Ich sehe auf. "Stupsel, du kannst dir gar nicht vorstellen, wie lieb ich dich hab."

Der Ordner landet auf dem Boden, Stephans Arme umschließen mich und wir küssen uns lange und innig mit Lippen, die noch kalt sind vom Toben im Schnee. Wir reiben unsere eisigen Wangen aneinder, lachen, küssen uns wieder.

Jetzt weiß ich endlich, was Romantik ist.

Love Changes EVERYTHING

Es ist bereits dämmrig, als ich durch den Schnee heimwärts stapfe, in der rechten Hand die Tüte mit den bedruckten T-Shirts. Die Straßenlaternen flammen auf und beleuchten meinen Weg wie Bühnenspots. In zwei Stunden ist es so weit. Ich kann es noch gar nicht realisieren, dass ich dann wirklich auf der Bühne stehen werde.

Ich habe einen wunderbaren Tag mit Stephan verbracht. Zwischendrin bekam ich eine besorgte SMS von Lissy. Ich habe zurückgesimst: "You can stop working as my lifestyle coach. My life is perfect!" Den Rest soll sie sich selbst zusammenreimen.

Vor unserem Haus erwartet mich ein Schneemann mit Brokkoli-Augen. Endlich hat jemand in unserer Familie eine sinnvolle Verwendung für dieses schreckliche Gemüse gefunden!

"There you are at last", begrüßt mich Lissy. "We have to leave soon. Janice said yesterday that we had to be there at **six o'clock sharp**, no later."

"I know, Stupsel told me", sage ich.

"Who?"

"Stephan with Ph."

"So you went to see him?"

six o'clock sharp
punkt sechs Uhr

Ich erzähle ihr alles, während wir meine Sachen zusammenpacken. Die Kostüme sind noch in der Aula, aber ich habe gestern die Jenny-Verkleidung mit heimgenommen. Mummy will uns ein Abendbrot aufdrängen, aber Lissy und ich sind zu aufgeregt, um etwas zu essen. Ich bin sogar doppelt aufgeregt, weil ich gleich meinen Stupsel wiedersehe. Eine Stunde ohne ihn kam mir schon wie eine Ewigkeit vor.

Dad zieht Schneeketten auf und fährt uns zur Schule. Mummy und Kevin werden später zu Fuß nachkommen. Unsere Nachbarin passt heute Abend auf Benny auf.

Hinter der Bühne herrscht Aufregung pur. Janice, die bisher durch nichts aus der Ruhe zu bringen war, huscht völlig aufgelöst hin und her. "The scene changes were far too long yesterday. It's the make-up that takes forever."

locked abgeschlossen
car park Parkplatz

"I could ask my mum to help us", sagt Frauke.

"The toilet doors are **locked**. Where's the key?"

Alex findet den Schlüssel zwischen den Requisiten.

"It's still snowing. We need some strong men to clear the **car park**."

Dad und ein paar weitere Väter werden dazu eingeteilt.

So löst sich ein Problem nach dem anderen. Aber Janice ist immer noch auf der Suche nach sich anbahnenden Katastrophen. Schließlich nimmt Bela sie beiseite. "I suggest we go fishing."

"What?"

"Imaginäres Angeln beruhigt ungemein", erklärt er und reicht ihr eine unsichtbare Angel. Sie hocken sich nebeneinander auf den Requisitentisch und halten ihre Angeln ins "Wasser".

Jetzt, wo Janice nicht mehr herumflattert wie ein aufgescheuchtes Huhn, können wir uns endlich in Ruhe umziehen.
Der Hausmeister bringt einen Kasten Mineralwasser, weil er findet, dass einige von uns gestern am Ende der Generalprobe ziemlich heiser geklungen haben.
Endlich erscheint Stephan.
"I'm sorry I'm late", sagt er zu der angelnden Janice und erklärt ihr, dass er noch bei einer alten Dame vorbeigegangen ist. Sie hatte Angst, im Schnee auszurutschen, darum hat er sie herbegleitet.
Dafür bekommt er von mir einen besonders innigen Kuss. Den er natürlich sowieso gekriegt hätte. "Meinst du Frau Sellmann?", frage ich ihn.
Er nickt. "So, jetzt muss ich mich schleunigst in den traurigen Daniel verwandeln. Wir sehn uns auf der Bühne, meine Süße."
Lissy, die für ihre Rolle gerade um Jahrzehnte gealtert ist, sieht mich mit leuchtenden Augen an. "I'm so happy for you."
Ich grinse. "Me too, Lady Agatha."
Das Chaos geht immer mehr in konzentriertes Vorbereiten über, sodass Janice schließlich beruhigt die Angel einholt und zu ihrem Platz in der ersten Reihe geht. Nachdem ich mich umgezogen habe, spähe ich durch den Vorhangspalt ins Publikum.
"Wahnsinn, volles Haus", sage ich zu Robin, der mitgekommen ist. "Der Hausmeister schleppt gerade neue Stühle an."
Stephan setzt sich an seinen Tisch und zwinkert mir zu.

Verena erscheint und sieht sich auf der Bühne um. "Ich fühle mich hier schon richtig zu Hause."

Bela geht hinter den Tresen, rückt seine Requisiten zurecht und macht ein Daumen-Hoch-Zeichen hinter die Bühne, wo der Hausmeister auf das Signal zum Anfangen wartet.

Auch Robin und ich nehmen unsere Plätze ein.

"Ich b-b-bin total nerv-v-vös", raunt er.

"Auf den Trick falle ich nicht mehr rein."

"Ne, in e-e-echt."

Zu spät. Der Vorhang hebt sich, es kann losgehen.

Zwei Sekunden später fällt der Vorhang schon wieder.

Frauke kommt aufgeregt angerannt. "Lissy traut sich nicht."

Sofort stürmen wir alle hinter die Bühne. Lissy sitzt da wie ein Häufchen Elend. Alex kniet vor ihr und lässt einen Schwall an Trost- und Aufmunterungsworten auf sie los. Wahrscheinlich verbraucht er gerade seinen kompletten Jahresvorrat an Redezeit. "It's only **stage fright**. You can do it! You're such a brilliant actress. You're the best of all of us."

Frauke schaut drein, als wollte sie Alex auf der Stelle kaltmachen, aber dann gibt sie sich einen Ruck und sagt: "It's true. None of us is as talented as you."

Verena und ich tauschen einen verwunderten Blick.

stage fright
Lampenfieber

Lissy kaut auf ihrer Unterlippe herum. "I can't act, not in front of all these people."

"They're not people, they're just parents", sagt Bela. "My parents, Verena's parents, Robin's parents, and so on."

Eine Träne tropft aus Lissys Augenwinkel. "Yes, everybody's parents are here. Only mine are far, far away."

Eigentlich sollte es eine Überraschung für Lissy werden. Ich hatte Mummy und Dad hoch und heilig versprechen müssen, Lissy nichts zu verraten. Aber jetzt ist das Schiff am Sinken und die stolze Piratin muss handeln.

"Lissy, stop crying. They're coming to the second performance next week. But please don't tell Mummy and Dad I told you. It was supposed to be your Christmas surprise."

Lissy sieht mich durch tränennasse Augen an. "Really? Hm, well, maybe I could try and do the first act. Although I'll probably forget all my text and ..."

Janice taucht auf. "What's going on? Why aren't you all on stage?"

to raise
hochziehen

Alex steht auf und reibt sich die Knie. "I think I'll have to play Lissy's roles."

Da fängt Lissy zu lachen an. "No, you don't have to play my roles. It's all right. I feel much better already. You can **raise** the curtain."

Nach dieser letzten Krise klappt plötzlich alles wie am Schnürchen. Keine Pannen, keine peinlichen Versprecher. Niemand stottert, niemand improvisiert. Ich spiele wie in Trance. Es ein Gefühl, als könnte ich fliegen.

Am besten ist der Tanz mit Stephan am Schluss. Nur dass er mich diesmal nicht küsst. Das heben wir uns für später auf.

Wir genießen den tosenden Applaus. Ich muss mich

so oft verbeugen, dass ich fürchte, mein Rücken wird nie wieder ganz gerade werden.
Schließlich kommt auch Janice auf die Bühne. Ich überreiche ihr das T-Shirt, das ich für sie habe machen lassen: "I **directed** *Sally's Bistro,* and all I got was this lousy T-shirt." Sie zieht es sofort über ihr anderes und bekommt dafür noch mal extra Beifall.
Völlig erschöpft, aber immer noch total aufgedreht, versammeln wir uns anschließend hinter der Bühne.
"I'm very proud of you", sagt Janice. "You **outdid yourselves**."
Immer mehr Eltern tauchen auf, es wird turbulent in den Ankleideräumen.
Ich ziehe mich dahin zurück, wo ich Ruhe habe: mitten auf die Bühne, die jetzt im Dunkeln liegt. Ich setze mich an einen Bistrotisch und lächle in den leeren Zuschauerraum.

to direct
Regie führen
to outdo (outdid, outdone) oneself
sich selbst übertreffen

Bin ich immer noch dieselbe Paula Dylan? Oder bin ich eine neue, verliebte, ultraglückliche Paula, die mit dem ungeküssten Kumpeltyp, der sie früher war, nur noch den Namen gemeinsam hat? Ist es wirklich erst drei Monate her, dass ich versucht habe, einen Liebesbrief zu schreiben, und die Vorlagen aus Dads Büchern so schrecklich schnulzig fand? Jetzt geht mir der Text ganz flüssig von der Zunge: "My life would be sad and lonely without you. My dreams would be empty and dark."
Zwei Hände legen sich sanft auf meine Schultern.
"Meinst du mich?", fragt Stephan. "Oder übst du schon für das nächste Stück?"